# प्रतिनिधि कहानियाँ

कृष्ण बलदेव वैद

राजकमल पेपरबैक्स

राजकमल पेपरबैक्स में
**पहला संस्करण** : 1990
**पाँचवाँ संस्करण** : 2024



---

**राजकमल पेपरबैक्स :** उत्कृष्ट साहित्य के जनसुलभ संस्करण

---

राजकमल प्रकाशन प्रा.लि.
1-बी, नेताजी सुभाष मार्ग, दरियागंज
नई दिल्ली-110 002
द्वारा प्रकाशित

**शाखाएँ** : अशोक राजपथ, साइंस कॉलेज के सामने, पटना-800 006
पहली मंजिल, दरबारी बिल्डिंग, महात्मा गांधी मार्ग, प्रयागराज-211 001
1, अनमोल सोराबजी संतुक लेन, धोबी तलाव, मरीन लाइंस, मुम्बई-400 002
वेबसाइट : www.rajkamalprakashan.com
ई-मेल : info@rajkamalprakashan.com

बी.के. ऑफसेट
नवीन शाहदरा, दिल्ली-110 032
द्वारा मुद्रित

**मूल्य : ₹** 199

PRATINIDHI KAHANIYAN
*Representative Stories* of Krishna Baldev Vaid

ISBN : 978-81-7178-152-2

श्रीपत राय के नाम

# क्रम

# कृष्ण बलदेव वैद

कृष्ण बलदेव वैद का जन्म 27 जुलाई, 1927 को डिंगा, पंजाब में हुआ।

उन्होंने पंजाब विश्वविद्यालय से एम.ए. (अंग्रेज़ी) किया। हार्वर्ड विश्वविद्यालय से पी-एच.डी., की उपाधि ली।

हंसराज कॉलेज, दिल्ली विश्वविद्यालय; अंग्रेज़ी विभाग, पंजाब विश्वविद्यालय, चंडीगढ़; अंग्रेज़ी विभाग, न्यूयॉर्क स्टेट विश्वविद्यालय; अंग्रेज़ी विभाग, ब्रेंडाइज़ विश्वविद्यालय में अध्यापन किया। भारत भवन, भोपाल में 'निराला सृजन पीठ' के अध्यक्ष रहे।

उनकी प्रकाशित कृतियाँ हैं—'उसका बचपन', 'बिमल उर्फ़ जाएँ तो जाएँ कहाँ', 'नसरीन', 'दूसरा न कोई', 'दर्द ला दवा', 'गुज़रा हुआ ज़माना', 'काला कोलाज', 'नर-नारी', 'मायालोक', 'एक नौकरानी की डायरी' (उपन्यास); 'बीच का दरवाज़ा', 'मेरा दुश्मन', 'दूसरे किनारे से', 'लापता', 'उसके बयान', 'वह और मैं', 'ख़ामोशी', 'आलाप', 'लीला', 'पिता की परछाइयाँ', 'रात की सैर', 'बोधिसत्व की बीवी', 'बदचलन' बीवियों का द्वीप', 'ख़ाली किताब का जादू', 'प्रवास गंगा', 'मेरी प्रिय कहानियाँ', 'दस प्रतिनिधि कहानियाँ', 'चर्चित कहानियाँ', 'सम्पूर्ण कहानियाँ' (दो जिल्दों में) (कहानी); 'भूख आग है', 'हमारी बुढ़िया', 'सवाल और स्वप्न', 'परिवार अखाड़ा', 'मोनालिसा की मुस्कान', 'कहते हैं जिसको प्यार', 'अन्त का उजाला' (नाटक); 'अब्र क्या चीज़ है? हवा क्या है?' (डायरी); 'टेकनीक इन द टेल्ज़ ऑफ़ हेनरी जेम्ज़' (समीक्षा)।

उन्होंने अन्य लेखकों की कृतियों के भी अनुवाद किए जिनमें प्रमुख हैं—'डेज़ ऑफ़ लॉन्गिंग' (निर्मल वर्मा का उपन्यास : 'वे दिन'), 'बिटर स्विट डिज़ायर' (श्रीकान्त वर्मा का उपन्यास : 'दूसरी बार'), 'इन द डार्क' (मुक्तिबोध की सुदीर्घ कविता : 'अँधेरे में')।

इनके अलावा अनेक रचनाओं के अनुवाद बांग्ला, उर्दू, गुजराती, तमिल, मलयालम, मराठी, जर्मन, इतालवी, नॉर्वेजियन, स्वीडिश, पोलिश आदि भाषाओं में प्रकाशित हो चुके हैं।

**निधन** : 6 फरवरी, 2020

भूमिका के बहाने

# शोर और संगीत

पीछे भयंकर अँधेरा है, बल खाते हुए दमघोट बादल हैं, उन बादलों में लपकती-चमकती दिल दहला देने वाली बेशुमार चीखें हैं—आपस में उलझी हुई, पागल लयशून्य चीखें।

जब कभी अकेला होता हूँ, भीतर एक कुहराम-सा मच जाता है।

या कहूँ कि नितान्त अकेला कभी हो ही नहीं पाता। पीछे का वह काला शोर अवसर पाते ही किसी दबी हुई आग की तरह फिर भड़क उठता है, दहाड़ने लगता है।

अभी तक अपनी उस विरासत से कोई स्थायी समझौता नहीं कर पाया। दिन में अगर कभी उससे ऊपर उठ जाने, उसे स्वीकार कर लेने, या उस पर काबू पा लेने का सुभ्रम हुआ भी है तो रात को किसी दुःस्वप्न ने उसे फिर नोच डाला है।

होश सँभालने के बाद की जिन्दगी का एक बहुत बड़ा हिस्सा अपने उस सुभ्रम की तीमारदारी में गुजरा है। मातम की नौबत अभी तक नहीं आयी। इसे अपनी खुशक़िस्मती समझता हूँ।

वैसे बीच-बीच में काफी-काफी देर के लिए अपनी उन दूषित यादों की पहुँच से बाहर भाग जाने की कोशिश में कई प्रकार के नशों में रत होकर भी देख चुका हूँ। कई बार उनसे भागने के बजाय उन्हें मार डालने के दिलेराना

मनसूबे भी बाँध चुका हूँ। एक दो बार उनकी मौत की झूठी खबर पर दीवानवार झूमा भी हूँ।

एक दौर था जब पीछे के इस खौलते हुए शोर को समझने-सँभालने की कोशिश में मुजरिमों की एक लम्बी शनाख्ती क़तार अपने सामने खड़ी कर लेता था। बारी-बारी उस कतार में खड़े दस्तबस्ता मुजरिमों को एक काँपती हुई क्रुद्ध उँगली का निशाना बनाकर कुछ देर के लिए शान्त हो जाता था।

लेकिन अब उस कतार में खड़े हुए हर मुजरिम के चेहरे पर अपनी ही सूरत का गुमान होता है। उँगली उठते-उठते रुक जाती है, मानो सामने आईनों की एक दीवार खड़ी हो। अपने साथ हो रहे इस जालिम मजाक पर गुस्सा आता है, और हँसी भी। दिल डूबने के साथ-साथ एक अजीब और प्रत्यक्षतः अप्रासंगिक गुदगुदी भी होती है।

लगता है कि शुरू के उस दौर का वह शहीदी बाना क़रीब-क़रीब तार-तार हो चुका है। और अब मैं अपने सामने नग्नप्राय खड़ा हूँ। 'क्षमा करें महिलाएँ !'

और अगर कभी अनायास मुँह लटक भी जाता है, या आँखों में फिर वही पुरानी चुनचुनाहट महसूस होने लगती है, या गले में फिर वे गोले-से अटकने को हो आते हैं तो साथ ही होंठों में एक सूखी जहरआलूद मुसकराहट भी कसमसा उठती है। इस जहर से जो राहत मिलती है वह उस गिलगिली मिठास से कहीं बेहतर और देरपा साबित होती है जो कभी आत्मदया और भावुकता से मिला करती थी। आज मैं उस भावुकता को अपने एक अजीब और मरहूम दुश्मन के रूप में ही देख पाता हूँ। लेकिन साथ ही उस मुर्दे की क़ब्र को बराबर और गहरा करते रहने की जरूरत महसूस करता हूँ। शायद उसके पुनर्जीवित हो उठने की आशंका अभी दूर नहीं हुई !

लिखने की प्रेरणा, एक महत्वपूर्ण हद तक, मुझे अतीत के उस काले शोर को बार-बार भोगने और बराबर उससे भागते रहने की परस्पर विरोधी विवशताओं से ही मिलती है।

कोशिश यह रहती है कि भोगने और भागने के बीच कोई ऐसी रेखा खींच सकूँ, कोई ऐसा सूक्ष्म और सही सन्तुलन पैदा कर सकूँ, जहाँ से उन तमाम निजी चीखों को किसी ऐसे सन्दर्भ में सजाकर सुन पाने का अवसर मिले कि उनका वह वहशियाना शोर संगीत में परिणत हो जाये।

सन्दर्भ से मेरा अभिप्राय केवल सामाजिक या आर्थिक सन्दर्भ से नहीं। मैं अपने दुखों को जनता में बाँट डालने, या अपने जीवन को जनजीवन में बहा देने, की बात नहीं कर रहा। 'जनता' को मैं नहीं जानता, न ही उसे जानने की कोई खास उमंग है। जो लोग साहित्य में भी जनता की दुहाई देते हैं, बड़े-बड़े टसवे बहाते हैं, या खून के आँसू रोते हैं, गगनभेदी नारे लगाते हैं, या (थोथे) आदर्शों का छिड़काव करते रहते हैं, भारतीयता के नाम पर भावुकता का सिक्का चलाना चाहते हैं, या परम्परा की आड़ में तथाकथित अध्यात्मवाद के तीर—ऐसे लोगों का सस्ता साहित्य उन्हीं को मुबारक हो।

जैसे वह शोर मेरा अपना है, वह सन्दर्भ भी मेरा अपना ही होना चाहिए, अपना ही हो सकता है। यथार्थ और अयथार्थ का सारा झमेला अप्रासंगिक है। कलाकार के लिए अयथार्थ कुछ भी नहीं। असली बात संगीत की है, शोर से तो दुनिया भरी पड़ी है।

जाहिर है कि मेरे अपने उस शोर से जो संगीत उभरेगा (अगर ?), वह बहुत मुलायम और मीठा नहीं होगा। लेकिन इस बात का गम मुझे नहीं, कुछ संगीतज्ञों को भले ही हो।

# उड़ान

और एक दिन वे सब काम-धन्धे छोड़कर घर से निकल पड़ीं। कोई निश्चित प्रोग्राम नहीं था, कोई सम्बन्धी बीमार नहीं था, किसी का लड़का पास नहीं हुआ था, किसी बुढ़िया का देहान्त नहीं हुआ था, किसी की लड़की की सगाई नहीं हुई थी, कहीं कोई सन्त-महात्मा नहीं आया था, कोई त्यौहार नहीं था—कोई बहाना नहीं था।

वास्तव में हुआ यह कि बर्तन माँजते-माँजते अचानक जाने कहाँ से और कैसे शीला के मन में एक अनजानी तरंग-सी उठी और हाथ में पकड़े हुए बर्तन को पटककर हाथ धोए बिना वह जैसी की तैसी कमरे से बाहर आयी और पुकारने लगी—"रानी ओ रानी···।" रानी का कमरा अहाते की दूसरी छत पर था। आवाज़ देते-देते शीला की दृष्टि शून्य को चीरकर आकाश पर छाये हुए बादलों से टकरायी और पानी का एक कतरा उसकी दायीं आँख में आन गिरा। शीला ने एकदम आँख मींच ली और फिर जोर से आवाज देने लगी···"रानी ओ रानी।"

और जब रानी ने जंगले से नीचे झाँकते हुए पूछा, "क्यों री, क्या हुआ जो मुँह अँधेरे बाँगें दे रही हो?" तो शीला जवाब देने के बजाय खिलखिलाकर हँसने लगी और रानी सवाल दोहराने के बदले धम-धम करती नीचे आँगन में आ गयी और आते ही शीला की चुटिया पकड़कर खींचने लगी। शीला ने हँसते हुए धमकी दी, "छोड़ दो नहीं तो मुँह काला कर दूँगी।" रानी ने हँसकर जवाब दिया "किस का···अपना!" और फिर दोनों हँसने लगीं और हँसते-हँसते ही शीला ने रानी के कान में कुछ कहा

जिसे सुनते ही रानी ताली पीटकर चिल्लाने लगी···"वन्ती···ओ वीराँ···ओ वन्ती···।"

वन्ती और वीराँ उसी मकान की निचली मंजिल के दो कमरों में रहती थीं और सब शोर सुन चुकी थीं। वन्ती अपने कमरे के एक कोने में नहा रही थी और वीराँ पिछले पहर के लिए थोड़ा-सा आटा गूँध रही थी। रानी की आवाज सुनते ही वन्ती ने तुरन्त एक-दो गिलास पानी इधर-उधर फेंके और एक मैला दुपट्टा बदन पर लपेटकर कमरे से बाहर निकल आयी। वीराँ ने आटा अध-साना छोड़ दिया था और पहले से ही शीला और रानी के साथ खड़ी न जाने किस बात पर हँस रही थी। वन्ती को देखते ही तीनों बिलकुल बच्चों की तरह चिल्लाने लगीं। "वन्ती नंगी ओय···वन्ती नंगी···।" वन्ती खिसियाकर अपने कमरे में लौट गयी और जल्दी-जल्दी पेटीकोट और कुर्ती पहनकर कुर्ती के बटन बन्द करती-करती फिर बाहर दौड़ आयी। रानी ने आगे बढ़कर कहा--"अरी दौड़ो नहीं, तुम्हारे हिस्से का तुम्हें मिल जायेगा।" वन्ती ने ज़रा आश्चर्य से पूछा--"क्या ?" तो तीनों ने एक स्वर में कहा, "वही" और फिर चारों खिलखिलाकर हँस पड़ीं।

उनकी इस खिलखिलाहट से अहाते का घुटा हुआ वातावरण मानो चिढ़-सा गया और इस चिड़चिड़ेपन का स्पष्ट प्रमाण था अहाते की मालकिन का कसा हुआ चेहरा। वह अपने पोर्शन के सामने खड़ी इन गँवार स्त्रियों के गँवारपन पर दाँत पीस रही थी। लेकिन जब इन चारों ने आपस में कुछ खुसर-फुसर करने के बाद अपनी छोटी-सी कान्फ्रेन्स का अन्त एक चीखते हुए ठहाके पर किया तो अहाते का वातावरण बदल-सा गया। यद्यपि उसकी मालकिन का पारा कुछ दर्जे और ऊपर चढ़ गया।

हँसती, चीखती, बल खाती चारों अपने-अपने कमरे में दौड़ गयीं। शीला ने राख भरे हाथ जल्दी से धोये। बरतनों का ढेर जहाँ का तहाँ पड़ा रहा और वह अपनी फूलों वाली शलवार को ठीक करने लगी। रानी ने झाड़ू उठाकर एक कोने में फेंक दिया और पानी भरी बाल्टी फर्श पर उँडेलकर उसे एक ओर खिसका दिया और हाथ पेटीकोट से पोंछकर आँखों में सुरमा डालने लगी। वन्ती पहले से ही सब काम समाप्त कर चुकी थी, सिर्फ आग बुझानी बाकी थी। उसने खड़े-खड़े ही दो-तीन गिलास पानी चूल्हे में फेंक दिया और एक क्षण के लिए सोचा कि सारा चूल्हा गीला हो गया और फिर

नये दुपट्टने में सिलवटें डालने लगी। वीराँ ने आटे की परात को एक कोने में धकेल दिया। उसके कमरे में चप्पे-चप्पे पर जूठे बरतन पड़े हुए थे, क्योंकि उसके बच्चे अभी-अभी खा-पीकर बाहर निकले थे। उसने एक-दो गिलास उठाकर ठिकाने लगाये फिर हाथ-मुँह धोने लगी।

कुछ ही देर में चारों सहेलियाँ अपने-अपने कमरे को ताला लगाकर अहाते से बाहर निकल गयीं और अहाते की मालकिन आश्चर्य से उँगली दाँतों में दबाये देखती की देखती रह गयी। उन्होंने जाती बार आँख उठाकर उसकी ओर देखा तक न था। 'नीच घराने कीं' अहाते की मालकिन बड़बड़ायी और उसी समय उसके पति ने अन्दर से आवाज़ दी, "अरी कहाँ चली गयी तू नीच घराने की, यह क्या कर दिया है तू ने?" और वह अन्दर जाकर पति से झगड़ने लगी।

इधर वे चारों सड़क पर एक-दूसरे के पीछे ऐसे भाग रही थीं जैसे प्राइमरी स्कूल की लड़कियाँ। रानी ने तो हद ही कर दी। दुपट्टा उसने कमर पर बाँध लिया और चोटी को सर पर पगड़ी की भाँति लपेटकर यों चलने लगी जैसे रानी खाँ की छोटी साली वही हो। वह अब गली से गुजरकर सड़क पर पहुँच चुकी थी। शीला कह रही थी रुक जाओ रानी ठहरो···इधर कहाँ चल पड़ी हो···इधर तो कुछ भी नहीं···जंगल में जाओगी···! वह इतने जोर से बोल रही थी कि नवाबगंज रोड पर जाने वाले कुछ विद्यार्थी मुड़-मुड़कर देख रहे थे। शीला के कई बार चिल्लाने पर आखिर रानी रुकी और कुछ सलाह के बाद उन्होंने निश्चय किया कि उन्हें सब्जी मंडी से ट्राम पकड़नी चाहिए और जब वन्ती ने पूछा—"जाओगी कहाँ?" तो तीनों ने हँसकर जवाब दिया—"जहाँ तू ले जाये।" इस पर वन्ती भी हँस पड़ी और सब्जी मंडी की तरफ चल पड़ी।

एक ट्राम खड़ी थी। वे दौड़कर उसमें बैठ गयीं और जब कण्डक्टर ने शीला से पूछा—"कहाँ जाओगी जी?" तो शीला ने हँसकर जवाब दिया, "उससे पूछो।" कण्डक्टर इस अकारण हँसी पर खीझ-सा गया और उसने तुनककर कहा, "किससे पूछूँ।" शीला ने फिर हँसकर कहा—"नाराज क्यों होते हो, उससे···रानी से पूछो।"

"मुझे सपना आयेगा कि रानी कौन है", कण्डक्टर ने बिगड़कर कहा।

"मैं हूँ रानी!" रानी ने चलती ट्राम में उठकर आगे बढ़ते हुए कहा और

दूसरे ही क्षण लड़खड़ाकर एक बूढ़े की गोद में जा गिरी।

शीला, वन्ती और वीराँ खिलखिलाकर हँस उठीं और रानी उस बूढ़े की गोद में से उठती हुई बोली, "हँसती क्यों हो, अपने पिता के समान हैं" इस पर ट्राम में बैठे सभी लोग हँस पड़े और वह बूढ़ा बगलें झाँकने लगा। रानी उठकर गिरती-पड़ती फिर अपनी सीट पर बैठ चुकी थी।

कुतुब रोड के अड्डे पर जब वह ट्राम से उतर गयीं तो कण्डक्टर ने न जाने किसे सम्बोधित करते हुए कहा, "अजीब वाहियात औरतें थीं" और ट्राम में बैठे एक आदमी ने अपनी पत्नी से कहा, "लाज-शर्म तो रही नहीं" और वह वृद्ध बगल में बैठे एक युवक से कह रहा था, "साली क्या धम्म से आकर गोद में गिर पड़ी" और युवक यह समझने की कोशिश कर रहा था कि बूढ़ा उस औरत की हरकत की बुराई कर रहा है या वैसे ही चटखारा ले रहा है।

ट्राम से उतरते ही उन्होंने फिर सोचने की आवश्यकता समझी कि वे कहाँ जायँ। जब रानी ने अपने मुँह पर अँगुली रखते हुए कहा, "हाय, हम कहाँ आ गयीं" तो शीला ने भोलेपन से जवाब दिया "अपनी ससुराल" और इस पर वह सब इस जोर से हँसी कि आस-पास के खड़े सभी लोग उनकी ओर देखने लगे। हँसी के मारे वे दुहरी-तिहरी हुई जा रही थीं और यह भी भूल गयी थीं कि दोनों दिशाओं से एक-एक कार केवल उन्हीं के कारण हार्न पर हार्न बजा रही थीं। और जब एक कार ने पीछे से रानी की टाँगों पर हल्का-सा ठहोका दिया तो उसकी हँसी चीख में बदल गयी और उसने मुड़कर कार वाले को पाँच-छह घरेलू गालियों से विदा किया।

जब वह सड़क के किनारे लग गयीं तो शीला (जिसकी तरंग उन्हें घर से निकाल लायी थी) को जाने क्या सूझी, कहने लगी कनाट प्लेस चलोगी ?" नाम तो सबने सुन रखा था। वन्ती का घरवाला दफ्तर से लौटते समय हर पहली तारीख को कनाट प्लेस से ही फूलों का एक हार उसके लिए ले आया करता था। वीराँ का रामदयाल भी अपने काम-काज के सम्बन्ध में कनाट प्लेस जाया करता था, जहाँ उसके सस्ते बिस्कुटों के पक्के ग्राहक थे। रानी तो स्वयं भी दो बार कनाट प्लेस हो आयी थी—एक बार जब उसके अनुरोध पर उसका पति आजादी का जुलूस दिखाने ले गया और एक बार वह अकेली घूमती-घामती उधर जा निकली थी। शीला का सुझाव

हाथों-हाथ लिया गया और वे एक ताँगे में सवार हो गयीं।

घोड़ा पहले ही काफी तेज था, मगर रानी ने जरा नखरे के साथ ताँगे वाले पर चोट करते हुए कहा "यह इसी तरह ढिचकुँ-ढिचकुँ चलेगा क्या ?" तो ताँगे वाले ने घोड़े की पिछली टाँगों में छड़ी के साथ कुछ इस शरारत से खुजली की कि घोड़ा हवा से बातें करने लगा। तड़ाख-तड़ाख करने लगा। तड़ाख-तड़ाख घोड़े के पाँव पक्की सड़क पर पड़ते और ताँगे वाला कभी रानी की ओर और कभी शीला की ओर जो उसके बराबर अगली सीट पर बैठी हुई थीं ऐसे देखता जैसे इनाम की माँग कर रहा हो, परन्तु रानी और शीला घोड़े से भी अधिक तेज दौड़ रही थीं। रानी का दुपट्टा सिर पर तो पहले ही नहीं था, अब उसके बदन के किसी भी हिस्से पर नहीं था। नीचे गिर गया था—उसके पाँवों में। शीला के बाल उसकी चोटी से भाग-भाग कर इधर-उधर दौड़ रहे थे। पीछे बैठी वन्ती और वीराँ बच्चों की तरह सीट पर घुटने टेककर आगे की ओर देख रही थीं।

रानी कह रही थी, "वल्ले ओ बल्ले !"

शीला कह रही थी, "हाय राम इतना तेज !"

ताँगे वाला कह रहा था, "कहो तो और तेज कर दूँ !"

वन्ती और वीराँ पीछे बैठी बोल उठीं, "हाँ भाई और तेज और तेज !"

ताँगे वाला पायदान पर खड़ा ललकार रहा था, "आ हा हा हा···"

और सड़क पर आने-जाने वाले लोग इस फर्राटे भरते हुए ताँगे पर दृष्टि तो न जमा सकते थे, पर टीका-टिप्पणी सब कर रहे थे। अगर वह किसी तरह सब एक स्थान पर इकट्ठे हो जाते तो सर्वसम्मति से निर्णय हो जाता कि ताँगे पर वेश्याएँ बैठी हैं, तेज कैसे न दौड़े।

लेकिन ताँगे में चूँकि ये वेश्याएँ नहीं थीं, इसलिए कनाट प्लेस पहुँचकर ताँगे वाले को भी निराशा हुई। इनाम देने के बजाय रानी उससे कह रही थी "भाई हमारे पास तो साढ़े ग्यारह आने हैं, अब दो पैसे के लिए क्या जान लेगा।"

ताँगे वाले को शायद रानी का यह वाक्य सुनकर ठेस-सी लगी। एकदम बोल उठा "रानी तू यह भी रख ले !"

उसका यह कहना था कि वन्ती, वीराँ और शीला खटाक से हँस उठी थीं जैसे किसी ने तीन फव्वारे छोड़ दिये हों। रानी पहले एक क्षण के लिए

भौंचक्की-सी रह गयी, फिर जब बात समझ में आयी तो इतनी हँसी कि खड़ी न रह सकी और वहीं बैठकर 'उई', 'उई' करने लगी। ताँगे वाले ने अपने आप से कहा 'पागल होंगी' और कदम-कदम घोड़े को चलाने लगा।

जब जरा दम में दम आया तो अपनी आँखों को पोंछते हुए रानी ने कहा, "मुए को मेरा नाम कैसे पता चल गया ?" वन्ती ने जवाब दिया, "भई तुम्हें कौन नहीं जानता ?" और इस पर हँसी का दूसरा दौर शुरू होने वाला ही था कि उसी ताँगे वाले की आवाज फिर आयी "क्यों जी कुतुब की सैर करवा लाऊँ ?"

ताँगे वाला कुछ दूर जाकर फिर मुड़ आया था।

"कुतुब की सैर करवा अपनी माँ को, अपनी बहन को।" रानी ने विशेष घरेलू औरत के स्वर में कहा और अपनी सहेलियों से बोली, "चलो री यह मुआ तो कुत्ते की तरह पीछे ही पड़ गया है।" और वे ओडियन सिनेमा की ओर चल पड़ीं।

रानी बोली, "यह है कनाड पलेटस।"

वीराँ बोली, "कनाड पलेटस नहीं, करनाट पलेस।"

वन्ती ने कहा, "क्या बकती हो, नाम है—कनास प्लेट।"

शीला ने कहा, "नाम कुछ भी हो जगह तो यही है न।"

रानी बोली, "पूछ क्यों नहीं लेती किसी से ?"

"जाओ न अपने उस ताँगे वाले से···।"

ताँगे वाले का नाम सुनते ही रानी एक मुस्कान को दबाते हुए बोली, "मुआ नाम तक जान गया।"

वह ओडियन के सामने रुककर दूर से तस्वीरें देखती रहीं और फिर झिझकते-झिझकते नज़दीक आयीं और फिर धीरे से सिनेमा के पोर्च में दाखिल हो गयीं। फिरती-फिराती पुरुषों के पेशाब-घर पर जा रुकीं। कुछ क्षण सोचती रहीं कि अन्दर क्या होगा और फिर रानी ने दरवाजा अन्दर की ओर धकेला और 'उइ माँ,' कहकर बाहर की ओर भागने लगीं। सब की सब भागती फिसलती बाहर आ गयीं और रानी से पूछने लगीं कि, "हुआ क्या ?" पर रानी हँसती गयी, हँसती गयी और जब उन्होंने बहुत तंग किया तो बोली "एक आदमी···" और फिर हँसने लगी। "ताँगे वाला याद आ रहा है" वीराँ और वन्ती ने कहा। शीला ने बात बदलने के लिए कहा, "यहीं

कहीं हनुमान जी का मन्दिर है कहो तो · · ।"

"राख डालो हनुमान जी के मन्दिर पर। सैर पर निकली हो कि पूजा को ? वहाँ भी कोई मोटा-ताजा पुजारी बैठा दिखा-खुजला रहा होगा।"

"आप बीती सुना रही हो" शीला ने कहा और वह फिर हँसने लगी।

और इसी तरह हँसते-हँसाते, फिरते-फिराते उन्होंने शाम कर दी। हँसते-हँसते उनके गले बैठ गये थे और वैसे भी उन्होंने बहुत कुछ अल्लम-गल्लम खा लिया था—गोल गप्पे, आलू की टिकिया, चाट के पत्ते, चना जोर गर्म याने कनाट प्लेस के बड़े होटलों को छोड़कर बाहर जो चीजें मिलती थीं, वे सब उन्होंने थोड़ी-थोड़ी चख ली थीं। कनाट प्लेस के बरामदों में कितने ही चक्कर लगाये थे, कितनी ही दुकानों के सामने हक्की-बक्की होकर खड़ी हुई थीं। कितने ही लोगों को अपनी हँसी के कारण भ्रम में डाल चुकी थीं और अब उनकी टाँगों में हल्का-हल्का दर्द होने लगा था। और उनके दिमागों को कोई जंजीर घर की ओर खींचने लगी थी।

"चलो न वहाँ क्या हरी-हरी घास है थोड़ी देर बैठकर आराम कर लें।"

पर इसके जवाब में 'हाँ', या 'ना' के बजाय वीराँ ने धीमे स्वर में कहा, "घर नहीं चलोगी ?" तो घर का नाम जैसे घड़े पर रोड़े के समान लगा।

चारों के चेहरे एकदम उतर गये।

"घर जाकर क्या करोगी ?" रानी ने हिम्मत से काम लेते हुए कहा। लेकिन उसके इस निर्बल से प्रतिवाद का यथार्थ के कड़ुवे बादलों पर कोई प्रभाव न पड़ा ; जो शायद आसमान से छँटकर अब उनके दिमागों पर छा रहे थे।

"घर में है क्या ?" रानी ने फिर कहा, जैसे अपने आपको समझा रही हो।

"है खाक़ !" शीला ने जवाब दिया, जैसे कह रही हो जानते-बूझते हुए पूछती हो !

और वे चारों सहेलियाँ हरी-हरी घास पर बैठने के बजाय घर की ओर लौट पड़ीं।

"ताँगा कर लो", रानी ने कहा, पर किसी को हँसी न आयी।

"वन्ती और वीराँ को मानो साँप सूँघ गया है।" शीला ने कहा।

"सोच रही हूँ रात को सब्जी क्या पकाऊँगी ?" वन्ती ने जवाब दिया।

इसका मज़ाक उड़ाने की बजाय रानी बोली, "मेरे से सुबह की दाल ले लेना।"

और वे रास्ता पूछती-पाछती घर की छोटी-छोटी उलझनों को सुलझाती, घरेलू समस्याओं पर बहस करती, पड़ोसिनों की निन्दा करती, एक दूसरे से ईर्ष्या करती, पाइयों-आनों का हिसाब करती तेज़-तेज़ घर की ओर चलने लगीं।

# जामुन की गुठली

बस-स्टैण्ड वीरान पड़ा था। सामने सड़क के किनारे क्वार्टरों की लम्बी कतार धधकती धूप के कोड़े खाते-खाते सो गयी थी। मेरे सिर के ऊपर का छप्पर शायद यह सोच रहा था कि अगर किसी को बस का इन्तजार नहीं करना था तो मुझे क्यों धूप में खड़ा किया गया है।

मैंने घड़ी की तरफ देखा। अभी सवा बजा था। मुझे शक हुआ शायद घड़ी नयी ट्यूशन से घबरा कर बन्द हो गयी हो। मगर कान से लगाया तो बदस्तूर सिसक रही थी। मैंने आदत के मुताबिक उसकी चाबी पूरी भर दी और सोचा, इस तरह तो घड़ी बहुत जल्द खराब हो जायगी।

पसीने की एक बूँद मेरी लम्बी नाक की नोक पर आकर एक क्षण के लिए रुकी और फिर नीचे ढुलक गयी। और फिर उसके बाद दूसरी और फिर तीसरी। कुछ देर तो मैं कोशिश करता रहा कि वे एक ही जगह गिरें, लेकिन फिर एकदम घबराकर रूमाल जेब से निकाला और चेहरे और गरदन को बेतहाशा पोंछना शुरू कर दिया। रूमाल भीग गया। मेरे होंठ खुश्क हो रहे थे। अगर रूमाल से पसीने की बू न आ रही होती तो शायद मैं उसे अपने मुँह में निचोड़ लेता।

मैं छप्पर के नीचे खड़ा था, गो महसूस यों हो रहा था कि छप्पर मेरे नीचे खड़ा हो। जी में आया कि सामने से किसी भाई अथवा बहन को बुलाकर प्रार्थना करूँ कि थोड़ी देर मेरे साथ बातें करें। मैं चाहता था कि पास कोई ऐसा आदमी हो जिस से कह सकूँ, आज-जैसी गर्मी पहले कभी नहीं पड़ी या दिल्ली के बस-सिस्टम की तुलना बम्बई और कलकत्ता के बस-सिस्टम से

करते हुए भूल जाऊँ कि मैं बम्बई गया हूँ न कलकत्ता।

मैं भीगे हुए रूमाल से अपने चेहरे पर बदबू और पसीने के कई लेप दे चुका था। और ट्यूशन वाली लड़की पर और अपने-आप पर कई बार लानत भेज चुका था। लेकिन मुझे फिर भी मालूम था कि दो-ढाई से पहले मुझे कोई बस नहीं मिलेगी और मुझे ट्यूशन पर तीन बजे पहुँचना है। फिर मैं इतना पहले क्यों आ गया? मैं अपनी इस बेवकूफी की वजह सोच रहा ही था कि किसी ने कहा, "क्या बजा है जी?"

मैंने मुड़कर देखते हुए कहा, "एक पच्चीस।"

"अब क्या आयेगा कमेटी वाला," उस व्यक्ति ने अपने-आप से कहा और बस-स्टैण्ड के पीछे बने हुए मकानों की तरफ चल दिया। उसके यों मुड़ जाने का अन्दाज मुझे इस कदर लापरवाह-सा लगा कि इच्छा हुई दौड़कर उसका रास्ता रोक लूँ और कहूँ, 'मैं ही हूँ कमेटी वाला!'

थोड़ी ही देर में वह व्यक्ति फिर बस-स्टैण्ड की ओर आता हुआ दिखायी दिया। उसके हाथ में एक तराजू था और उसके पीछे एक छोकरा टोकरी उठाये हुए आ रहा था। छप्पर के नीचे पहुँचकर उसने फिर इधर-उधर देखा और अपने-आप से कहा, 'यहाँ लगा लेते हैं।'

मैं सोच रहा था, अब समय जल्दी बीत जाएगा।

उस व्यक्ति ने तराजू एक ओर रख दिया और उस छोकरे के सिर से टोकरा उतरवाया।

टोकरे में जामुन थे।

"किस क़दर गर्मी है आज!" मैंने जामुन वाले से कहा।

लेकिन जामुन वाला अपने काम में ही मस्त था।

"दूसरा टोकरा भी उठा लाओ," उसने छोकरे से कहा।

छोकरा भागता हुआ जिधर से आया था, उधर को चला गया और वह टोकरे को एक जगह टिकाने लगा। जमीन हमवार न थी और उसे टोकरा एक जगह टिकाने में कुछ कठिनाई पड़ रही थी। वह मुँह-ही-मुँह में बड़बड़ाता जा रहा था। इतने में वह छोकरा दूसरा टोकरा भी उठा लाया। यह पहले टोकरे से बड़ा था। इस बार उस लड़के के साथ एक छोटा लड़का और भी था।

टोकरा उठाये हुए वह जामुन वाले के सिर पर खड़ा था। जामुन वाला

पहले टोकरे के नीचे कुछ कंकर आदि रखकर उसे टिकाने की कोशिश में था। छोटा लड़का बड़े से कह रहा था, "मुझे दोगे न ?"

लड़का दोनों हाथों से टोकरे को थामे हुआ था ! उसकी बाँहें छोटी थीं, उसके शरीर के नंगे हिस्से की खाल बहुत तनी हुई नज़र आ रही थी। उस व्यक्ति ने दूसरा टोकरा छोकरे के सिर से उतरवाते हुए कहा, "वाह शेर के बच्चे ! शाबाश ! अब दो टोकरे और हैं।"

छोकरा फिर वापस दौड़ गया। छोटा लड़का भी कुछ कदम उसके पीछे चला और फिर लौटकर जामुन वाले के पास खड़ा हो गया। वह सारे बदन से नंगा था। वह व्यक्ति दोनों टोकरों को एक हाथ से थामे हुए इधर-उधर किसी ईंट या पत्थर के लिए नज़र दौड़ा रहा था। टोकरों को छोड़ता तो जामुन लुढ़क आते। उससे कुछ दूर एक-दो ईंटें पड़ी थीं। मैंने आगे बढ़कर कहा, "लाइये, मैं टोकरे पर हाथ रखता हूँ। आप ईंटें उठा लायें।"

उसने झुके-झुके मेरी ओर देखा और फिर शायद फैसला कर लिया कि एक सैकण्ड के लिए भी मेरे जैसे आदमी की देख-रेख में जामुन छोड़ना ठीक नहीं !

"अभी छोकरा आ जाता है, जल्दी क्या है ?" उसने कहा।

छोकरा पहले से ही तीसरा टोकरा सिर पर उठाये आ खड़ा था। यह टोकरा पहले दोनों टोकरों से छोटा था। लड़के ने खुद ही सिर से उतार दिया। उतारने में एक जामुन लुढ़ककर नीचे गिर गया। छोटा लड़का उसकी ओर लपका। मगर बड़े ने झट से उठा लिया और साफ करके आहिस्ते से टोकरी में रख दिया। जामुन वाला यह सब देख रहा था।

"सामने से वह ईंटें उठा लाओ," उसने इस अन्दाज में कहा, जैसे उसे जामुन वापस देने की सजा दे रहा हो।

लड़का दौड़ा हुआ गया और दोनों हाथों में एक-एक ईंट उठाकर दौड़ता हुआ लौटा। जल्दी में एक ईंट उसके पाँव पर गिर पड़ी, लेकिन उसने झट से उसे उठा लिया और दौड़ता हुआ टोकरों के पास पहुँच गया।

मैंने इसी दौरान में अपने रूमाल को हवा में लहरा-लहरा कर सुखा डाला था।

"एक इस टोकरे के नीचे रख दे जरा इस तरफ···हाँ···"

लड़के के जिस पाँव पर ईंट गिरी थी, उसकी दो उँगलियों से खून बह

रहा था। छोटे लड़के ने उनकी तरफ इशारा करके कहा, "वह खून !"

बड़े लड़के ने एक चुटकी मिट्टी जख्म पर डाल दी।

"चौथा टोकरा भी ले आऊँ ?" बड़े लड़के ने ऐसे पूछा जैसे कह रहा हो कि चौथे टोकरे की क्या जरूरत है, पहले तीन तो खत्म हो जाएँ।

"हाँ-हाँ, ले आओ," जामुन वाले ने कहा।

बड़ा लड़का फिर दौड़ता हुआ चल दिया और थोड़ी ही देर में चौथा टोकरा उठाये वापस आता दिखायी दिया। टोकरा शायद ज्यादा भारी नहीं था, क्योंकि छोकरा दौड़ रहा था, या शायद जमीन बहुत गरम थी और उसके पाँव अपने आपसे ही उचक-उचक कर पड़ रहे थे। उसे आता देखकर छोटा लड़का उसकी तरफ दौड़ा और एक जगह जरा रुककर उन्होंने आपस में कोई बात की। बड़े लड़के ने टोकरा छोटे के सिर पर रख दिया और आहिस्ता-आहिस्ता टोकरे को थामे हुए जामुन वाले के नजदीक आकर बोला, "यह लो, चौथा टोकरा !"

"यह मैंने उठाया है," छोटे लड़के ने कहा और उसने बड़े लड़के की उँगली पकड़ने की कोशिश की, मगर उसने झपट कर फिर जामुन वाले से पूछा, "और ईंट ले आऊँ ?"

"ईंटें ? अच्छा, ले आओ।" जामुन वाले ने यों कहा, मानो उस लड़के पर कोई एहसान कर रहा हो।

लड़का भी शायद यही समझता था, क्योंकि मंजूरी पाते ही दौड़ता हुआ सड़क के पार के मकानों के पीछे की तरफ चला गया। छोटा लड़का जामुन वाले के पास हाथ पीछे बाँधे खड़ा था। जामुन वाला एक टोकरे में काले-काले रस-भरे जामुनों को ऊपर-ऊपर सजा रहा था !

"यह लो ईंटें," बड़ा लड़का चार ईंटें उठाये खड़ा था।

"यहीं रख दो," जामुन वाले ने कहा।

लड़के ने एक-एक करके ईंटें नीचे रख दीं।

"अगर चार ईंटें और ले आओ तो बैठने की जगह भी ईंटों से ही बनायी जाए," जामुन वाले ने आहिस्ता से कहा।

"अभी लाया," कहकर लड़का फिर सड़क के पार दौड़ गया।

"मैं भी ईंटें लाऊँ ?" छोटे लड़के ने पूछा।

"तुम !" जामुन वाला हँस पड़ा।

मुझे भी हल्की-सी मुस्कराहट आ गयी।

मैंने रूमाल को फिर पसीने से तर-बतर कर लिया था। और सोच रहा था, यह जामुन वाला रोज यहाँ बैठता होगा, इसे यहाँ पर आने वाली बसों के बारे में जरूर पता होगा ; लेकिन यह बताएगा भी, जाने कितने लोग इससे पूछते होंगे, शायद चिड़चिड़े मिज़ाज का हो। इतने में बड़ा लड़का लौट चुका था। मैंने सोचा, बस से यह लड़का तेज़ है। अब की उसने छह ईंटें उठा रखी थीं। और जब वह ईंटें नीचे फेंक चुका तो उसके कंधे पर दो-तीन खराशें थीं और उसकी पीठ और पेट पर ईंटों का लाल-लाल पाउडर छिड़का हुआ था।

"यह ईंटें यहाँ जोड़ दूँ ?" लड़के ने पूछा।

"हाँ, जोड़ दो।"

"जगह साफ कर दूँ पहले ?"

"जगह तो साफ ही है।"

लेकिन उस लड़के को सफाई शायद बहुत प्यारी थी। बैठकर हाथों से ही झाड़ू देने लगा। छोटा लड़का भी, जो अभी तक जामुनों को निगल रहा था, उसके पास बैठ गया, लेकिन दो हाथ मारने के बाद ही उसकी हथेली में कुछ चुभ गया और वह वहीं बैठकर उसे निकालने में व्यस्त हो गया।

"बड़ा अच्छा लड़का है" जामुन वाले ने मुस्कराकर कहा।

"आपका अपना लड़का है ?" मैंने पूछा।

जामुन वाला हँस पड़ा। मुझे उसकी हँसी पसन्द न आयी।

"वाह, बाबूजी ! आप इसका रंग नहीं देखते ?" जामुन वाले को मेरा प्रश्न पसन्द न आया।

लड़के ने ईंटों से जामुन वाले के लिए बैठने की जगह बना दी थी। और जामुन वाला तराज़ू को उठाकर उस पर जा बैठा था। उसने अपना जूता उतार कर एक टोकरे के नीचे रख दिया और कमीज उतारकर कंधे के ऊपर रख ली।

मैं सोच रहा था कि वह सारे कपड़े उतारकर एक लँगोटा बाँध लेगा और हर आने-जाने वाले को पकड़कर कहेगा, "जामुन लेगा या नहीं ?"

"वह टोकरी ले आऊँ, जिसमें बाकी के बट्टे पड़े हैं ?"

"हाँ-हाँ ले आओ। जानते हो, कहाँ पड़ी है ?···नहीं-नहीं, उसे रहने

दो। मैं खुद ले आता हूँ। उसमें पैसे पड़े हैं।" जामुन वाले ने मेरी तरफ देखकर अपनी एक आँख को मींच लिया।

"तुम यहीं ठहरो। मैं टोकरी ले आऊँ।" जामुन वाले ने बड़े लड़के से कहा।

"मैं भी यहीं ठहरूँगा," छोटे लड़के ने कहा।

"आप भी यहीं हैं न? ज़रा ध्यान रखें, ये हाथ न लगायें जामुनों को; आखिर बच्चे हैं।" जामुन वाले ने जाते-जाते मुझ से कहा।

कुछ कदम दूर जाकर उसने मुड़कर देखा। बड़ा लड़का, छोटा लड़का और मैं जामुनों से काफी फासले पर खड़े थे। कुछ दूर जाकर उसने फिर एक नज़र हमारी तरफ दौड़ायी और फिर अपने घर की ओर चल दिया।

छोटे लड़के ने बड़े से कहा, "एक जामुन उठा लूँ?"

बड़े ने डरते-डरते मेरी तरफ देखा और कहा, "बाबूजी मारेंगे।" उसका लहजा बता रहा था कि वह पूछ रहा है कि मैं मारूँगा या नहीं।

मैं खामोश रहा।

"मैं उठा रहा हूँ," छोटे लड़के ने हाथ टोकरे के पास ले जाकर कहा।

मैं खामोश रहा। बड़ा लड़का मेरी ओर देख रहा था और छोटा बड़े लड़के की ओर।

"उठा लूँ?"

"नहीं," बड़े लड़के ने जवाब दिया। अगर वह मुझसे भी पूछता तो मैं भी यही जवाब देता।

मैं और बड़ा लड़का एक-दूसरे की तरफ देखकर मुस्करा दिये।

छोटे लड़के ने टोकरे से हाथ हटा लिया और वहीं पर ऊँकड़ू बैठ गया।

"हाथ मत लगाना," बड़े लड़के ने जामुन वाले के घर की ओर देखते हुए कहा। जामुन वाला शायद बीवी के साथ बातें करने लगा था। छोटा लड़का उचक-उचक कर जामुनों को देख रहा था, बल्कि सूँघ रहा था। मुझे यों लगा जैसे वह मुँह से एक-आध जामुन उठाकर खा जाना चाहता हो, मगर बड़े लड़के को जाने क्या हो गया था, कह रहा था, "परे हट के बैठो।"

"यह जामुन वाला यहीं पास ही रहता है?"

"जी हाँ।"

"तुम इसके पास रहते हो?"

"जी हाँ।"

"यह तुम्हारा···"

"अन्नदाता है साहब," छोकरे ने मुस्कराकर कहा।

"तुम्हारे माँ-बाप ?"

"माँ-बाप···माँ-बाप मर चुके हैं।"

मैंने महसूस किया, छोकरा इस किस्म के किसी और सवाल का जवाब देना पसन्द नहीं करेगा।

"यहाँ पर बस किस वक्त आती है ?"

"अजी, बस का भी कोई वक्त है। किसी वक्त चली आये।"

मैं मुस्कराया। शायद उस छोकरे को बस-स्टैण्ड पर बैठते बहुत दिन हो गये थे।

"रख दे जामुन ! नहीं तो कहूँगा लाला से।"

छोटे लड़के ने हमें बातों में व्यस्त देखकर एक जामुन उठा लिया था। जामुन उसके मुँह के बिल्कुल नजदीक था।

"रख दे !···मैं कह रहा हूँ !" बड़ा कुछ दूर से ही धमकी दे रहा था। शायद उसे खतरा था कि अगर उसने छोटे को पकड़ने की कोशिश की तो वह घबराहट में जामुन मुँह में डाल लेगा।

छोटा लड़का बड़े की धमकी को माप-तोल रहा था।

"नहीं रखेगा ? अच्छा, आने दे लाला को !"

मैंने सोचा, उसे कहूँ, खा लेने दो, बच्चा है, मगर फिर खयाल आया, कहीं इस छोकरे ने जामुन वाले से कह दिया तो बहुत लज्जित होना पड़ेगा। जामुन वाला बहुत सख्त दिखायी देता था। छोटे लड़के ने जामुन टोकरे में रख दिया और आहिस्ते से रोने लग गया।

"तू मुझे भी मरवायेगा किसी दिन !" बड़े ने कहा।

"यह तुम्हारा छोटा भाई नजर आता है ?" मैंने कहा।

"जी हाँ," बड़े लड़के ने इस अन्दाज से कहा, मानो कह रहा हो, है तो भाई, लेकिन आदतें बहुत बुरी हैं इसकी !

मैंने जरा आगे बढ़कर छोटे लड़के के बदन पर हल्की-सी चुटकी ली, "जामुन बहुत अच्छे लगते हैं तुझे ?"

उसने झेंपकर रोना बन्द कर दिया और बड़े लड़के की गोद में बैठने की

कोशिश करने लगा। उसकी उम्र यही चार वर्ष के लगभग होगी। बड़े लड़के की उम्र का सही अनुमान लगाना मेरे लिए कठिन था। अगर उसने एक-दो बातें न की होतीं तो मैं उसे दस-ग्यारह वर्ष का ही समझता।

आते ही जामुन वाले ने टोकरों की तरफ देखा, फिर उन लड़कों की तरफ और फिर मुस्कराकर मेरी तरफ। मेरा जी चाहा चुपके से अपना होंठ दाँतों पर से हटा दूँ।

"इस वक्त बसें तो ज़रा देर से आती हैं," उसने शायद मेरी निगरानी का मुआवजा देने के विचार से कहा।

मैंने घड़ी की तरफ देखा। दो बज रहे थे। अगर आध घंटे में भी कोई बस आ गयी तो मैं समय से पहुँच सकता था।

"छिड़कने के लिए पानी ले आऊँ !"

"मैं भी लाऊँ ?" छोटे लड़के ने पूछा।

मुझे हँसी आयी और मैंने दूसरी तरफ मुँह फेर लिया। मैं जामुन वाले के साथ मिलकर नहीं हँसना चाहता था। उसकी हँसी से मुझे बू-सी आने लगी थी।

दोनों फिर जामुन वाले के घर की तरफ चले गये। जामुन वाले ने टोकरी में से मिट्टी का एक कुज्जा निकालकर एक तरफ रख दिया और नमक का डिब्बा एक तरफ।

"दोनों भाई दिन भर यहाँ जमे रहते हैं", जामुन वाले ने कहा।

मैं खामोश रहा।

"बड़ा लड़का बहुत चुस्त है।"

मैं खामोश था।

"आपके खयाल में उसकी उमर क्या होगी ?"

तभी एक आदमी और एक औरत सड़क को पार कर स्टैण्ड पर पहुँचे। उनके साथ एक बच्चा भी था।

"आपको यहाँ खड़े कितनी देर हुई ?" उस आदमी ने पैदायशी बस मुसाफिर के अन्दाज में सवाल किया।

"मुद्दतें हो गयी हैं, साहब !"

"मैं न कहती थी, इस वक्त बस नहीं मिलेगी।"

"अब तो थोड़ी देर में आती ही होगी। मुझे कश्मीरी गेट जाना है। आप

लोग कहाँ जाएँगे ?"

"हम तो मोरी गेट जाएँगे। वहाँ मेरी छोटी साली के बड़े लड़के का मुण्डन है।"

मैंने जरा गौर से उसकी ओर देखा और खामोश हो गया।

"क्यों जी, अब क्या बजा है ?" उस आदमी ने पूछा।

"दो बजकर दस मिनट।"

"मैं जामुन लूँगा," उनके बच्चे ने कहा।

"जामुन तीन आने के पाव !" जामुन वाले ने आवाज लगायी।

"जामुन तीन आने के पाव !" बड़े लड़के ने भी आवाज दी। वह एक टीन में पानी ले आया था और अब छिड़काव कर रहा था। छोटा लड़का भी कुछ उठाये हुए था।

"यह मैं लाया हूँ," उसने पत्तों का बण्डल जामुन वाले के हाथ में देते हुए कहा।

"शाबास !" जामुन वाले ने सरसरी लहजे में कहा। और बण्डल को खोलकर पानी के टीन में डाल दिया।

"मैं वह फट्टा भी ले आया हूँ," बड़े लड़के ने लकड़ी का वह तख्ता जामुन वाले को देते हुए कहा।

जामुन वाले ने जल्दी से अपने नीचे से दो ईंटें निकालीं और तख्ते को उनके ऊपर जमाकर पानी से धो डाला। और फिर दो टोकरों में से जामुन निकालकर दो अलग-अलग ढेर लगा दिये।

एक ढेर में काले-काले जामुन थे। दूसरे में आधे काले, आधे लाल। जब जामुन वाले ने उन पर पानी फेंका तो जामुन और भी काले नजर आने लगे।

"मैं जामुन लूँगा !" बच्चे ने फिर कहा।

"जामुन तीन आने के पाव !" जामुन वाले ने आवाज लगायी।

"इसे एक आने के जामुन देना," उस आदमी ने जामुन वाले से कहा।

"सिर्फ एक आने के ?" जामुन वाले ने हँसते हुए कहा और कुछ जामुन कुज्जे में डालकर नमक लगाकर बच्चे को दे दिये।

छोटा लड़का उठकर बच्चे के पास खड़ा हो गया। बच्चा रोने लगा।

"तू इधर आ जा," औरत ने आगे बढ़कर बच्चे को गोद में उठा लिया

और अपने हाथ से खिलाने लगी।

छोटा लड़का कुछ देर तो उधर देखता रहा, फिर बड़े के पास जा बैठा।

"जामुन तीन आने के पाव।" बड़ा लड़का एक लय में आवाज दे रहा था "जामुन हैं ये काले-काले… !"

औरत मुस्करायी।

"कितना चालाक लड़का है ?" आदमी ने कहा।

"और एक हमारा है यह भौंदू-सा !" औरत ने कहा और बच्चे को चूम लिया।

"क्या बात है आज कोई ग्राहक नहीं आ रहा ! और जोर से आवाज लगाऊँ ?" बड़े लड़के ने कहा और बगैर जवाब सुने चिल्लाने लगा, "जामुन… ! ये रस-भरे जामुन !…ये काले बादल जामुन ! तीन आने पाव !…"

चिल्लाने के कारण उसकी आवाज की लय लड़खड़ा रही थी, "जामुन तीन ही आने पाव !…"

जब वह बोलता, उसकी गरदन में हवा भर जाती और उसकी नसों की मोटाई मेरी छोटी अँगुली के बराबर हो जाती। जामुन वाला जामुनों को सँवार रहा था। कभी-कभी वह भी आवाज लगाता, लेकिन शायद उसे इस बात का एहसास था कि बड़े लड़के की आवाज ज्यादा आकर्षक है। उसने तख्ते पर पड़े ढेरों को सँवार-सँवार कर दो बड़ी गाजरों की शक्ल में डाल दिया। छोटा लड़का इस बीच कुछ दिलचस्प हरकतें कर रहा था। जब बड़ा लड़का चिल्लता 'जामुन तीन आने के पाव,' तो वह आहिस्ते से कहता, 'तीन आने के पाव,' और फिर मुँह को यों हिलाता जैसे उसने अभी-अभी एक खट्टा जामुन खा लिया हो। कभी-कभी खुद ही उसका हाथ उठता और जामुन के ढेर की तरफ बढ़ने लगता। कभी जामुन वाला झटक देता और कभी बड़ा लड़का उसके हाथ को खींच लेता।

एक बस आयी और वह परिवार उसमें सवार हो गया। मेरे लिए यह बस ठीक नहीं बैठती थी।

"जामुन तीन आने के पाव !…जामुन खूब मजे से खाओ !…जामुन खाकर गर्मी भगाओ !…"

बड़ा लड़का पूरे जोर से चिल्ला रहा था।

बस से कुछ लोग उतरे। दो औरतें जामुन वाले के पास आकर रुकीं।

एक ने तीन आने पाव वाले और दूसरी ने चार आने पाव वाले जामुन लिये।

"आप फिकर न करें, बहिन जी। एक दाना भी खराब न होगा।" जामुन वाला कह रहा था।

औरतें काले-काले जामुन चुन-चुनकर पलड़े में डालतीं और जामुन वाला लाल-लाल। वह लाल उठाकर बाहर निकालतीं तो जामुन वाला काले-काले।

"सभी एक-से हैं बहिनजी," जामुन वाला कह रहा था।

और जब वह औरतें जामुन लेकर जाने लगीं तो छोटा लड़का दो-तीन कदम उनके पीछे चला और फिर वापस आकर आँखें फाड़-फाड़ कर जामुनों की तरफ देखने लगा। उसका मुँह हिल रहा था।

थोड़ी देर में एक छोटा-सा लड़का अपने बाप की अँगुली पकड़े जामुन वाले के पास आया। एक आने के जामुन लिये और बाप से बातें करता हुआ चला गया। छोटा लड़का थोड़ी दूर उनके पीछे भी गया और फिर लौट आया।

बड़ा लड़का जरा परे मोड़ पर खड़ा आवाज लगा रहा था, "जामुन काले बादल !···जामुन काले रा !···तीन आने के पाव !"

तीन-चार छोकरों का एक गिरोह आया। सबने एक-एक आने के जामुन लिये और वहीं बैठकर खाने लगे। जामुन वाला मुस्करा रहा था।

छोटा लड़का उन लड़कों को जामुन खाता देख बहुत सिटपिटा रहा था। कभी जामुन वाले की तरफ देखता, कभी जामुनों की तरफ और कभी एकाएक उसके सारे बदन में खुजली होने लगती। एक-दो बार उसने बड़े भाई की तरफ देखा और यों मुँह बनाया जैसे कह रहा हो, एक आने के मुझे भी दिलवा दो।

"अभी दूसरी बस आयेगी, तब बिकरी होगी," बड़े लड़के ने जामुन वाले से कहा। और जामुन वाले ने मेरी तरफ देखकर अपनी एक आँख को झपका दिया ! जाने वह मुझे क्या समझाना चाहता था।

"शाम तक सारे बिक जायेंगे," बड़ा लड़का कह रहा था।

जामुन वाला मुस्कराया।

वे छोकरे जामुन खाकर चले गये, तो बड़े लड़के ने आहिस्ते से जामुन वाले से कहा, "अब मुझे जामुन दोगे ?"

"हाँ-हाँ, दूँगा," लेकिन कुछ बिकरी तो हो ले।···"अभी-अभी तो रोटी खा कर आये हो।" जामुन वाले ने यह आखिरी बात शायद मुझे सुनाने के लिए कही थी।

"मुझे भी दोगे न ?" छोटे लड़के ने कहा।

"हाँ।"

इतने में एक ताँगे वाला आया और जामुनों को देखकर रीझ गया। ताँगा वहीं रोककर उसने एक पाव जामुन लिये और जामुन वाले के पास ही बैठकर खाने लगा। ताँगे वाले के मुँह में दाँत नहीं थे और वह एक-एक जामुन की खाल उतारने में बहुत देर लगा रहा था। उसके जामुन अभी आधे भी खत्म नहीं हुए थे कि दो युवकों ने आकर पूछा, "ताँगा खाली है ?"

"बिल्कुल खाली है, साहब।"

"कनाट प्लेस," कहकर वे लोग ताँगे में बैठ गये। ताँगे वाले ने जामुनों को लपेटकर जेब में डाल लिया।

ताँगा चलने से पहले उनमें से एक ने कहा, "जामुन खाओगे ?"

दूसरे ने कहा, "पेट के लिए अच्छी चीज़ है।"

और बड़े लड़के ने आहिस्ते से आवाज लगा दी "पेट के रोगों की अक्सीर दवा ये जामुन काले-स्याह !"

वे लोग हँस पड़े। एक ने जामुन वाले को आवाज दी, "आध सेर जामुन देना भई।"

"आध सेर ! तुम्हारा दिमाग़ खराब है !" दूसरे ने कहा।

और जामुन वाले ने जल्दी-जल्दी तौलकर जामुनों को नमक लगाया।

"लाओ, मैं पकड़ा दूँ," बड़े लड़के ने कहा।

मगर जामुन वाले ने खुद ही उठकर जामुन बाबुओं को दिये और उनसे पैसे ले लिए।"

जब ताँगा चला गया तो जामुन वाले ने कहा, "यह बाबू लोग इन छोकरों के हाथ से चीज़ खुश होकर नहीं लेते।"

बड़े लड़के ने फिर आहिस्ते से कहा, "अब तो मुझे जामुन दो, लाला।"

"देखो, मुझे तंग न करो। मैं खुद तुम्हें दूँगा। ज़रा कुछ ग्राहक तो आ लेने

दो।"

जामुन वाले ने कुछ और जामुन तख्ते पर उँड़ेल दिये और उन पर पानी डाल कर उन्हें सँवारते-सँवारते एक जामुन उठाकर अपने मुँह में फेंक लिया।

घड़ी में ढाई बज रहे थे। यों लग रहा था कि ट्यूशन पर पहुँचने के बजाय मैं उस जामुन वाले के पास खड़ा-खड़ा बूढ़ा हो जाऊँगा। बड़ा लड़का छोटे लड़के के पास बैठ गया था। अब उन दोनों की आँखें जामुनों पर गड़ी हुई थीं। उनकी पीठ मेरी तरफ थी। मैं दूसरी तरफ आ खड़ा हुआ। मैंने देखा, जब छोटे का मुँह हिलता तो बड़े का मुँह भी हिलने लगता।

"जामुन खाओ !···जामुन खाओ !"—जामुन वाले की आवाज इस कदर भद्दी थी कि आदमी जामुन खाते-खाते थूक दे।

एक बस और आयी, मगर इक्कीस नम्बर नहीं थी। आज इक्कीस नम्बर को क्या हो गया है, मैं यह वाक्य बोलते-बोलते रुका।

"अरे लौंडे उठकर आवाज लगा, इस बस में से तो बहुत लोग उतर रहे हैं।"

बड़ा लड़का उठा और वहीं खड़ा-खड़ा आवाज लगाने लगा। इत्तफाक़ से बस से उतरने वाले सभी लोगों ने जामुन खरीदे और एक ने तो टोकरियों का सौदा भी करना चाहा।

बड़े लड़के ने जामुन वाले से कहा, "लाला, अब तो दो।"

जामुन वाले ने पहले तो उसे घूरकर खामोश कर देने की कोशिश की, फिर मेरी तरफ देखकर मुस्कराया, एक आँख झपकायी और कहा, "घबरा क्यों रहे हो, कहा तो है एक बार, अभी दूँगा।"

"मैं जामुन लूँगा !" छोटे लड़के ने पाँव जमीन पर मारते हुए कहा।

"इसे तो एक-दो जामुन दे दो, लाला !" बड़े लड़के ने बुजरगाना अन्दाज़ में कहा।

जामुन वाले ने एक टोकरे में से एक छोटा-सा लिफाफा निकाला और उसमें से तीन दाने निकालकर छोटे लड़के की हथेली पर रख दिये। उन जामुनों का रंग काला था न लाल। शायद इसीलिए पहले छोटे लड़के ने फिर बड़े लड़के ने उन्हें गौर से देखा और फिर छोटे लड़के ने एक जामुन मुँह में डाल लिया। उसने एक जामुन बड़े लड़के को दिया। उसने जामुन हाथ में ले लिया लेकिन छोटे भाई और जामुन वाले की आँख बचाकर एक ओर फेंक

दिया।

मुझसे ही कुछ दूर पड़ा वह जामुन जब जामुन वाले ने देखा तो गुस्से में बोला, "अरे नवाब साहब ! इस तरह फेंकने के लिए लेते हो जामुन ?"

बड़ा लड़का चौंका, क्योंकि उसका खयाल था कि जामुन वाला अपने ध्यान में मस्त है।

जामुन वाला चीख पड़ा, "उठाकर खाओ उस जामुन को !"

जामुन वाले की आज्ञा मानने में बड़े लड़के ने कुछ संकोच किया, किन्तु छोटे को शायद उन 'स्पेशल' जामुनों में भी मजा आया था। उसने दौड़कर जामुन उठा लिया और अपने पेट से पोंछकर मुँह में डाल लिया। जामुन वाला फिर मेरी ओर देखकर मुस्करा दिया।

दूसरी ओर से एक बस आकर स्टैण्ड पर रुकी। इक्कीस नम्बर थी। मैंने घड़ी की तरफ देखा। पौने तीन बज रहे थे। कम-से-कम दस मिनट में लौटेगी, मैंने सोचा।

बस से बहुत-सी सवारियाँ उतरीं। जामुन वाले ने लड़के से कहा, "आवाज लगाओ !"

लड़के ने वहीं खड़े-खड़े बेदिली से आवाज दी, "जामुन ले लो !···जामुन ले लो !···जामुन तीन आने के पाव !···

उसकी आवाज अब की बार बहुत ही फीकी और अनाकर्षक थी। लेकिन फिर भी शायद बस से उतरने वालों को जामुन खाने में ज्यादा मज़ा आता है और खास तौर पर औरतों को। शायद बस की वजह से उनके दिमाग चकरा जाते हैं। मैं फिजूल सोचने लगा। जामुन वाले के इर्द-गिर्द भीड़-सी जमा हो गयी।

"एक पाव मुझे दो।"

"मुझे आध पाव उनमें से दो।"

"डेढ़ पाव ले लूँगा, साढ़े तीन आने के हिसाब से दो तो।"

जामुन वाला निहायत फुर्ती से एक पाव वाले को साढ़े तीन छटाँक और आध पाव वाले को डेढ़ तौल-तौलकर, कुज्जे में डाल-डालकर जामुन बाँट रहा था। मैंने एक बार फिर महसूस किया कि वह एक बहुत कामयाब जामुन बेचने वाला है। जामुन तौलते-तौलते उसने देखा, उसके पत्ते कम हो रहे हैं, तो बोला, "लौंडे, जाओ, दौड़कर घर से पत्तों का बण्डल उठा लाओ।"

बड़ा लड़का दौड़ता हुआ गया और एक मिनट में पत्तों का बण्डल उठाकर ले आया। अब भी जामुन वाले के इर्द-गिर्द बहुत-से लोग खड़े थे। बड़े लड़के ने फिर पूरे शौक से आवाज लगायी, "जामुन काले बादल !···जामुन काले स्याह !···गर्मी दें भगा !"

कुछ लोग उसके इस नारे पर हँसे। एक ने जामुन वाले से कहा, "भई, लौंडा खूब रखा है तूने !"

और उस भीड़ को चीरकर जामुन वाले की मुस्कराहट मुझ तक पहुँची और मैंने मुँह दूसरी तरफ फेर लिया। इस भीड़-भड़क्के में मैं छोटे लड़के को भूल-सा गया था। मगर जब लोग कुछ कम हुए तो मैंने देखा, वह तख्त के पास बैठा ऊपर की ओर देख रहा था। उसका मुँह खुला था।

"जामुन है बहुत बढ़िया !···इनको खा ले मेरी बुढ़िया !···"

जामुन वाले-समेत हम सब लोग हँस पड़े। लेकिन छोटा लड़का अभी तक मुँह खोले ऊपर की तरफ देख रहा था। मुझे यों महसूस हुआ कि वह लड़का कहीं बहुत नीचे गहराई में बैठा हो और जामुन खाने वाले बहुत ऊँचाई पर। एक लम्बे-से आदमी को जाने क्या सूझी, उसने एक जामुन उठाया और यों इशारा किया जैसे उस छोटे लड़के के खुले मुँह में फेंकना चाहता हो। छोटे लड़के ने मुँह और ज्यादा खोल दिया और उस आदमी ने हँसकर जामुन अपने मुँह में डाल लिया। बड़े लड़के ने आवाज लगाना बन्द कर दिया था। बस जा चुकी थी और आस-पास कोई नया ग्राहक नजर नहीं आता था। वह अब अपनी गरदन को सहला रहा था। फिर उसने अचानक ही छोटे से कहा, "छोटे ! क्या कर रहे हो ?"

छोटा लड़का उस लम्बे आदमी से जामुन माँग रहा था। झेंप कर उसने नजर नीची कर ली। फिर उसने जामुन वाले की तरफ देखना शुरू कर दिया। बड़े लड़के ने जामुन वाले से कहा, "लाला, अब तो दे दो !"

लाला की टोकरी के आस-पास कुछ ग्राहक मौजूद थे। उसे लड़के के इस व्यवहार पर गुस्सा आ गया। बोला, "अरे, तुम्हें कै बार कहा है, ग्राहकों के सामने मत माँगा कर !"

लड़का चुप हो गया।

"माँगने की आदत परमात्मा किसी को न डाले," एक अधेड़ उमर की औरत ने कहा और कन्धे मटकाती हुई एक तरफ चल दी।

लड़का टिकटिकी लगाकर जामुन वाले की तरफ देख रहा था। शायद वह जामुन वाले की निगाह को पकड़ना चाहता था।

"यह ले," जामुन वाले ने उसी लिफाफे में से पुराने, सूखे हुए जामुन निकालकर बड़े लड़के को देते हुए कहा, "और आवाज दे।"

मैं धीरे से मुस्कराया। जामुन वाले से आँखें मिलीं तो उसने नजर फेर ली।

"जामुन तीन आने के पाव !"

अब कुछ लोग और भी आ गये थे और एक-दूसरे से बसों के बारे में शिकवा-शिकायत कर रहे थे। मैंने बीसियों बार घड़ी देखकर यह नतीजा निकाल लिया था कि अगले रोज से घड़ी बाँध कर बस स्टैण्ड पर खड़ा नहीं होऊँगा। जामुन वाले के पास अब एक ग्राहक भी नहीं था।

"अब तो कोई ग्राहक नहीं है, लाला", बड़े लड़के ने बहुत धीमी आवाज में कहा, जैसे चाहता हो कि मैं भी उसकी आवाज न सुन पाऊँ। जामुन वाले ने सुनी-अनसुनी करते हुए खुद आवाज लगायी "आओ, जामुन के खाने वालो !···"

"लाला तुमने कहा था···"

लेकिन पहले इसके कि वह अपना वाक्य समाप्त करता एक औरत चार बच्चों को साथ लिए हुए जामुन वाले के पास आ रुकी। पाँचवाँ उसकी गोद में था। मैंने सोचा, क्या खूब हो, अगर छठा भी उसने कहीं छिपा रखा हो।

"आओ बहन जी !" जामुन वाले ने उनका स्वागत किया। मुझे महसूस हुआ कि वह औरत और उसके बच्चे उसके पक्के ग्राहकों में से थे। और साथ ही उसके जरिये उसे और बहुत से ग्राहकों की आशा नजर आती थी।

बहन जी जामुन वाले के पास बैठ गयीं। बच्चों को देखकर छोटा लड़का उनके करीब आ गया। वह सूखे हुए जामुन कब के खा चुका था। और वह अब उन बच्चों के मुँह की तरफ देख रहा था। बड़ा लड़का खामोश था। मैंने गौर से देखा तो उसकी नजरें भी बहुत ललचा रही थीं।

"कितने दूँ ?" जामुन वाले ने पूछा।

"कैसे दिए हैं ?" वह औरत भाव बनाने की आदत रखती थी।

"यह चार आने, वह साढ़े चार आने," जामुन वाले ने बताया।

मैं चाहता था कि वह मेरी तरफ देखे और मैं मुस्करा दूँ।

कुछ सौदेबाजी के बाद जामुन वाले ने तीन आने वाले जामुन ढाई आने पर देना स्वीकार कर लिया।

"एक-एक आने के सबको दे दो," औरत ने अँगुली से बच्चों की ओर इशारा करते हुए कहा और खुद रूमाल से पैसे निकालने लगी।

छोटा लड़का भी उन बच्चों की कतार में खड़ा हो गया और जब जामुन वाले ने एक-एक करके सब बच्चों के हाथ में जामुन का पत्ता दे दिया, तो उस छोटे लड़के ने भी हाथ बढ़ा दिया। मुझे पहले से ही खतरा था कि वह ऐसा ही करेगा।

जामुन वाले ने 'स्पेशल' जामुनों के लिफाफे में हाथ डाला, मगर वह भी खत्म हो चुके थे। सिर्फ एक जामुन निकला, वह उसने छोटे लड़के के हाथ में दे दिया। मेरा खयाल था, शायद वह उसे फेंककर बच्चों की तरह जिद्द करने लगेगा, मैं यह बड़े जामुन लूँगा ! मगर उसने वह जामुन मुँह में डाल लिया और फिर उन बच्चों के मुँह में रस-भरे काले-काले जामुन गायब होते देखकर उसके मुँह से राल टपकने लगी।

राल उसके पेट पर लकीर-सी बनाती हुई उसके जिस्म में ही जज्ब हो गयी। बड़ा लड़का भी अब चलकर अपने छोटे भाई के करीब आ गया था। जामुन वाला जामुनों को सँवार रहा था और टोकरे में से और जामुन तख्ते पर उँड़ेल रहा था। उन पर पानी छिड़क रहा था। पत्तों के नये बण्डल से पत्ते निकाल-निकालकर पानी में भिगो रहा था। उसके जामुन बहुत खूबसूरत नजर आ रहे थे।

मगर बड़ा लड़का और छोटा लड़का दोनों उसकी तरफ पीठ किये बच्चों की तरफ मुँह उठाये खड़े थे। दोनों के मुँह एक साथ खुलते और बन्द हो जाते। कभी-कभी मुँह में इकट्ठी हो गयी राल को वह एक साथ निगल लेते। बड़े लड़के के हाथ छोटे लड़के के कंधों पर थे। मेरे देखते-ही-देखते उसके मुँह से राल की एक धार बही, मगर उसने बीच में ही तोड़कर उसे वापस मुँह में खींच लिया।

औरत जा चुकी थी। मगर उसके बच्चे वहीं खड़े जामुन खा रहे थे और साथ-साथ बातें भी कर रहे थे।

"मेरा जामुन बहुत मीठा है।"

"मेरा तुम से भी ज्यादा।"

"देखें, पहले कौन खाता है।"

"मुझे एक जामुन दे दो, बड़े भाई हो।"

"चल बे, चल !"

बच्चे अपनी बातों में इस कदर मग्न थे कि उनमें से किसी ने उन दो भाइयों की तरफ ध्यान न दिया था। छोटा उचक-उचककर उनके जामुनों की तरफ देख रहा था।

उसके हाथ अपने-ही-आप खुल और बन्द हो रहे थे। और कभी-कभी वह पाँव जमीन पर दे मारता···.और कभी-कभी उन बच्चों की नकल में वह यों ही हाथ मुँह की तरफ ले जाता। बड़ा लड़का यह सब देख रहा था। उसकी हालत भी बुरी थी।

मैंने जेब में हाथ डाला। उसमें दस आने थे, नौ आने किराये पर लगते थे और एक आने का सिर्फ एक सिग्रेट आता था। मैं एकाएक फैसला न कर सका कि मैं सिगरेट पिऊँ या···

"लाला, दे दो दो-एक जामुन," बड़े लड़के ने शायद अचानक ही मुँह मोड़कर फिर लाला के सामने हाथ फैला दिया था। लेकिन वह छोटा लड़का अब भी बदस्तूर उन बच्चों के खत्म होते जामुनों की तरफ देख-देखकर व्याकुल-सा हो रहा था।

"बस-बस, अब और नहीं हैं मेरे पास !" जामुन वाले ने झुंझलाहट-भरे लहजे में जवाब दिया।

दो-एक और ग्राहक जामुन माँग रहे थे।

बड़े लड़के ने फिर जामुन वाले की तरफ देखा। दूर से एक बस आ रही थी और मैं अभी तक फैसला नहीं कर पा रहा था कि सिग्रेट पिऊँ या···मैं चलकर सड़क के किनारे पहुँच गया और जेब में पड़ी दो चवन्नियाँ और एक दुअन्नी को मसलने लगा। बस बहुत नजदीक आ रही थी।

मैंने मुड़कर देखा तो छोटा लड़का नीचे बैठा था और बड़ा लड़का जामुन वाले को घूर रहा था। मैं सोच रहा था, शायद बस आने से पहले वह जामुन वाले को खरी-खरी सुना दे। मैं चाहता था, कम-से-कम एक बार तो बोले। फिर मैं भी उसकी तरफदारी कर दूँगा। मगर बस बहुत ही करीब आ चुकी थी और फिर उस लड़के को न जाने क्या सूझी कि वह रोने लगा।

"एक जामुन दे दो, लाला !"

मैं चिढ़-सा गया। रोने की भला क्या आवश्यकता थी। छोटे की तरफ देखा, तो वह जमीन पर बैठा उन बच्चों की फेंकी हुई गीली-गीली गुठलियाँ उठा रहा था।

जामुन वाले के नये ग्राहकों में से एक दूसरे को कह रहा था, "जामुन तो अच्छी चीज है ही, उसकी गुठली के भी हजार लाभ हैं। नामर्दी का एक ही इलाज है।···

बस ऐन सिर पर पहुँच चुकी थी। इक्कीस नम्बर। मैं ट्यूशन पर ठीक समय पर पहुँच सकूँगा।

# एक बदबूदार गली

आप नाक पर रूमाल रख ही लें, यह गली बहुत गन्दी है। हो सकता है रूमाल से भी कोई फर्क न पड़े। कहते हैं एक बार एक अमेरिकन मेम रास्ता भूलकर इस गली में आ घुसी थी और इत्तफाक से उसके पास रूमाल नहीं था। बेचारी फौरन बेहोश होकर गिर पड़ी थी। लेकिन आप घबराइए नहीं, आप तो इसी देश के वाशिन्दे हैं ना। फिर भी एहतियातन नाक पर रूमाल रख ही लीजिए। आप मेरी चिन्ता न करें। मैं तो इसी गली का हूँ, मुझ पर इसकी बदबू कोई असर नहीं करेगी।

आप नाक सिकोड़े उधर क्या देख रहे हैं ? गन्दगी के वे दो ढेर इस गली के गेट का काम देते हैं। उन्हें उठाया नहीं जाता, ताकि नावाकिफ आदमी भूलकर भी इस गली में न घुसें। फिर वह अमेरिकन मेम इस गली में कैसे आ घुसी थी ? जी, मैं कह नहीं सकता। हो सकता है यह किस्सा गलत हो। मैंने खुद किसी अखबार में पढ़ा था। जी हाँ, इस गली की चर्चा कई बार अखबारों में भी आ चुकी है।

बहरहाल, आप आगे चलिए। आप शायद यह सोच रहे हैं कि गली के मुँह पर लगे गन्दगी के इन ढेरों पर ये जानवर-से क्या मँडरा रहे हैं ? मुआफ कीजिए, ये जानवर नहीं, इसी गली के कुछ बच्चे हैं, जो दिन-भर इन ढेरों को कुरेदते-उधेड़ते रहते हैं। कभी कोई गला-सड़ा केला या सन्तरा या अमरूद मिल जाय तो उठाकर खा लेते हैं। आपने देखा होगा, कभी-कभी लोगों के होठों पर पीली-पीली या सफेद-सफेद फुंसियाँ निकल आती हैं, और उन पर हमेशा मक्खियाँ भिनभिनाती रहती हैं। आप मेरा मतलब समझ गये न ? मुझे

रंज है कि आपका जी मितलाने लगा। आई ऐम सॉरी।

लेकिन आप तो मुड़-मुड़कर उन्हीं बच्चों की तरफ देखते जा रहे हैं। उन्हें छोड़िए। उन्हें कुछ नहीं होगा। बुजुर्गों का कहना है, बच्चों की देख-भाल भगवान स्वयं किया करते हैं। जी, मैं मजाक नहीं कर रहा। अगर आपको विश्वास न हो तो थोड़ी देर यहीं रुक जाते हैं। आपके देखते ही देखते इन बच्चों को इन्हीं ढेरों में से कुछ न कुछ मिल जायेगा, जिसे वह भगवान की दी हुई नेमत समझकर निगल जाएँगे। और उन्हें कुछ भी नहीं होगा।

आप फटी-फटी निगाहों से मेरी तरफ क्यों देखने लगे ? उधर देखिए, वह उन्हें जाने क्या नजर आ गया। वे सब के सब उस पर झपट पड़े। लेकिन आप मेरी मानें तो उधर से ध्यान हटा लें, नहीं तो आपको इन बच्चों में बीच-बचाव करना पड़ेगा। और मुझे डर है कहीं आप अपने कपड़ों का सत्यानाश न कर लें। जी ठीक कह रहा हूँ। बच्चों का क्या है। दिन-भर लड़ते-भिड़ते हैं, उसी वक्त फिर एक हो जाते हैं। आप मेरे साथ आगे चलिए।

तो यह इस गली का पहला मकान है। आप चौंक क्यों पड़े ? शायद आम जुबान में इन काल-कोठरियों को मकान नहीं कहा जाता। लेकिन मैं अपनी सुविधा के लिए इन्हें मकान ही कहूँगा। इस गली के सभी मकान कुछ इसी बनावट के हैं। बुरे भी क्या हैं। सिर ही तो छिपाना है। अन्तिम समय कुछ साथ नहीं जाता, सिवाय नेक कामों के। फिर मकान बड़ा हो या छोटा, नया हो या पुराना, हवादार हो या अँधेरा, हो या न हो, उससे क्या अन्तर पड़ता है। लेकिन मुआफ कीजिए, मैं तो यों ही बहक गया। मेरे मुँह को बड़े-बड़े वाक्य शोभा नहीं देते। यह काम तो बुजुर्गों का ही है। खैर तो यह इस गली का पहला मकान है। इसमें प्रकाशवती नाम की एक विधवा रहती है। लोग उसे पाशो कहकर बुलाते हैं। इस पाशो की दो नौजवान लड़कियाँ हैं, सत्या और पारो। वैसे इन लड़कियों की जवानी का सबूत इनकी उमर के सिवा और कुछ नहीं, क्योंकि शक्ल से तो यों दिखायी देती हैं जैसे ये दोनों अपनी माँ के साथ ही विधवा हो गयी थीं। कुछ लोगों का खयाल है कि अगर पाशो न होती तो इनकी शादी अब तक कई बार हो चुकी होती। उम्मीद है, आप मेरा मतलब समझ गये होंगे।

यह पाशो बहुत ही कड़े स्वभाव की स्त्री है। गली वाले इससे बहुत डरते हैं। कहते हैं, पाशो किसी के पीछे न पड़ जाय। आये दिन किसी न किसी से

लड़ाई करती रहती है। मोटी-मोटी गालियाँ देती है। बीच गली में खड़ी हो दुहत्थड़ पीटने लगती है। अपने बाल नोच लेती है। फिर ढाड़ें मार-मारकर रोने लगती है। लोग कहते हैं, पाशो की बद्‌दुआ कभी खाली नहीं जाती, क्योंकि वह बहुत दुखी है। उसे विधवा हुए कई साल बीत गये हैं। उसका पति सब्जी की फेरी लगाया करता था। और जब वह मरा तो पाशो के पास सिवाय कुछ दिन की बासी सब्जी और इन दो लड़कियों के कुछ भी नहीं था। बेचारी किसी न किसी तरह इन्हें पाल रही है। कई धन्धे करती है, तब जाकर कहीं अपनी लड़कियों का पेट भर पाती है। इतनी मुद्‌दत कुँवारपन में गुजार दी, मगर क्या मजाल कि उसकी लड़कियों ने किसी की तरफ आँख उठाकर भी देखा हो। गली वाले दिल ही दिल पाशो की इस कड़ी निगरानी की बहुत इज्जत करते हैं।

लेकिन सत्या और पारो न जाने क्यों अपनी माँ से लड़ती-झगड़ती रहती हैं। कई बार माँ-बेटियों में दंगा हो चुका है। जब वह छोटी थी तो पाशो उन्हें चोटी से पकड़कर मार-पीट लिया करती थी। लेकिन अब वे लात का जवाब मुक्के से देती हैं। बात-बात पर आँखें दिखाती हैं। गाली का जवाब गाली से देती हैं। पाशो उन्हें घर से निकाल देने की धमकी देती रहती है और लड़कियाँ घर से निकल जाने की। लेकिन जब गुस्सा उतर जाता है तो तीनों एक दूसरे से लगकर जोर-जोर से रोती हैं। गली वाले दिल-ही दिल में हैरान होते हैं कि इनका यह क्या दस्तूर है।

मैं देख रहा हूँ कि आप इस किस्से से उकता गये। और आपकी नजरें इस साथ वाले मकान के सामने पड़े इन कुचले हुए फूलों पर जमी हुई हैं। शायद आप हैरान हो रहे हैं कि इस बदबूदार गली में ये फूल कहाँ से आ गिरे ? लेकिन अजीब बात है, इन फूलों से भी बदबू आ रही है ! शायद इस गली में रहते-रहते मेरी नाक में कोई खास नुक्स पैदा हो गया है। इस मकान में भी एक विधवा रहती है। उसका असली नाम तो मुझे मालूम नहीं, गली वाले उसे चुड़ैल बुढ़िया कहते है। बुढ़िया दिन-भर गायब रहती है। लेकिन शाम को जब घर लौटती है तो उसके साथ हमेशा दो-एक औरतें होती हैं और उनके पीछे-पीछे सिर-मुँह लपेटे दो-एक आदमी। औरतों के हाथों में फूलों के गजरे होते हैं। जिनसे आ रही खुशबू आदमियों के मुँह से आ रही बू से मिलकर एक ऐसी बदबू पैदा करती है जो रात-भर गली के इस हिस्से में रची रहती है।

दूसरे दिन फूलों के यही गजरे इस मकान के बाहर पड़े दिखायी देते हैं और दिन-भर लोगों के पाँव में उलझते रहते हैं।

गली वाले कहते हैं कि बुढ़िया का मकान बदमाशी का अड्डा है। इस अड्डे का जिक्र शायद आपने अखबारों में पढ़ा होगा। लोग कई बार थाने में जा-जाकर इस बात की शिकायत भी कर चुके हैं। लेकिन जब से गली वालों ने एक रोज सुबह-सबेरे एक हेड कान्स्टेबल को इस मकान के सामने औंधे मुँह पड़ा देखा है, यह शिकायतें बन्द-सी हो गयी हैं। लोगों का खयाल है कि बुढ़िया की पुलिस में बहुत चलती है।

इस बुढ़िया की शक्ल बहुत मनहूस है। हर समय मुँह में पान दबाए रहती है। इसके माथे पर हर वक्त तिलक लगा रहता है। एक रोज उसके घर का दरवाजा खुला पाकर मैंने उसकी कोठरी में झाँक लिया था। सामने की दीवार पर पलंग के ऊपर कृष्ण भगवान की मूर्ति टँगी हुई थी और उसके साथ एक तस्वीर किसी आदमी की भी थी, जिसे मैं ठीक से देख नहीं पाया। मेरा ख्याल है, वह तस्वीर बुढ़िया के घर वाले की होगी।

लोग कहते हैं, यह बुढ़िया दूर के रिश्ते से अपनी पड़ोसन पाशो की बहन लगती है। सम्भव है। लेकिन इन दोनों में घमासान युद्ध होता है। और आस-पास के लोग इस लड़ाई में हरगिज शरीक नहीं होते, क्योंकि बुढ़िया की एक अजीब आदत यह है कि लड़ते-लड़ते अपनी धोती उठा देती है और अपनी रानों पर हाथ मार-मारकर पाशो की लड़कियों, सत्या और पारो, को गन्दी-गन्दी गालियाँ देने लगती है। कहते है, इसी को सात कपड़ों में छिपाये फिरती हो ! अगर तुम्हें किसी दिन कुत्तों से न फड़वाया तो मेरा नाम बदल देना।

और पाशो बेचारी अपनी लड़कियों को घसीटकर अन्दर ले जाती है और ऊँची आवाज में ईश्वर से बुढ़िया की मौत के लिए दुआएँ माँगने लगती है।

गली वाले इस बुढ़िया से तंग हैं। बुढ़िया ने गली-भर में खुलेआम कह रखा है कि जिस किसी को पैसे की तंगी हो, वह रात को थोड़ी देर के लिए, अपनी बहू या बेटी को उसके मकान में भेज दे। लोगों का खयाल है, गली के कई बेगैरत मर्द-औरतें खुफिया तौर पर बुढ़िया के इस न्योते का फायदा उठाते रहते हैं।

खास तौर पर इस सामने वाले मकान में रहने वाली फूलो। लोगों ने कई

बार अपनी आँखों से फूलो को बुढ़िया के मकान के अन्दर दाखिल होते देखा है। फूलो का अपना पति भी कई बार अपनी बीवी की बेहयाई की शिकायत करते सुना गया है, लेकिन बेचारे का कुछ बस नहीं चलता, क्योंकि वह खुद एक अरसे से बीमार पड़ा है। कहता है, अगर वह बीमार न होता तो फूलो की क्या मजाल थी कि उसके जीते-जी उसकी इज्जत मिट्टी में मिला देती। बीमारी से पहले वह साइकिल-रिक्शा चलाया करता था। मकान के सामने टूटी-सी रिक्शा जो पड़ी है, उसी की है। वह तो अब भी कहता है, "एक बार अच्छा हो जाऊँ, इस बेशरम को घर से न निकाल दूँ तो मेरा नाम रामदयाल नहीं।" गुस्से में आदमी जो कह जाए, कम है। लेकिन आप जानते हैं, बिना दवा-दारू के कोई आज तक अच्छा हुआ नहीं। बेचारा रामदयाल महज अपने दिल को तसल्ली देने के लिए ही अच्छा हो जाने और फूलो को घर से निकाल देने के स्वप्न लेता रहता है।

इधर कुछ दिनों से फूलो का पेट फूलने लगा है। सब जानते हैं कि यह बच्चा रामदयाल का नहीं, हो ही नहीं सकता। रामदयाल खुद डंके की चोट कहता है कि मैं इस हरामी का बाप नहीं। लेकिन आप सुनकर हैरान होंगे कि फूलो उसको जूता दिखा-दिखाकर कहती है, खबरदार, जो इसे हरामी कहा ! तुम इसके बाप नहीं तो न सही, मैं तो इसकी माँ हूँ। इस पर रामदयाल के दिल पर जो गुजरती है, उसका अनुमान आप खुद लगा सकते हैं। वैसे कुछ दिन हुए, रामदयाल ने अपनी चारपाई की रस्सी से अपना गला घोंट लेने की कोशिश भी की थी। लेकिन इत्तफाक से फूलो उस समय घर पर ही थी। उसने देख लिया था और चिल्ला-चिल्लाकर सारी गली के लोगों को इकट्ठा कर लिया था और रामदयाल के गले में बँधी रस्सी को ढीला करने के बजाय यही दोहराती रही थी, अगर मैं देख न लेती तो दुनिया वाले मेरे मुँह पर ही कालिख मलते ! इतने में इकट्ठी हुई भीड़ में से किसी ने आगे बढ़कर रामदयाल के गले में पड़े फन्दे को खोल दिया था और सँभलते ही रामदयाल ने तड़पकर कहा था, "लोगो ! या तो मुझे मार दो या इसे कहीं और ले जाओ !"

लेकिन भीड़ में कई समझदार लोग भी थे। उन्होंने रामदयाल को समझाते हुए कहा था—बेवकूफ क्यों बनते हो, अगर उसे ज्यादा तंग करोगे तो कहीं भाग जाएगी और दो वक्त की रोटी से भी जाओगे। तुम अपने काम से काम रखो

तुम्हें क्या, लोग तो उसे ही बुरा कहेंगे, तुम्हें क्या ?

और इस पर रामदयाल न जाने क्यों फूट-फूटकर रो पड़ा था।

आप सोच रहे होंगे, मैं भी कितना लीचड़ हूँ, इतनी गंदी बात का जिक्र इतने विस्तार से कर रहा हूँ ! लेकिन क्या करूँ। इतना अरसा हो गया मुझे इस गली में रहते-रहते। आज पहली बार खुलकर बातें करने का अवसर मिला है। दिल कड़ा करके सुन लीजिए। मेरा बोझ हलका हो जाएगा और शायद मेरी रग-रग में बसी हुई बदबू भी कुछ कम हो जाये।

आप शायद ऊब-से गये दिखायी देते हैं। तो चलिये, जरा तेज तेज चल लेते हैं। वैसे भी गली के इस हिस्से में इतना धुआँ है कि यहाँ ठहरना सम्भव नहीं। आपका दम घुटने लगेगा। दरअसल इन मकानों में कुम्हारों के कुछ घर हैं। ये लोग अपने-अपने घरों में ही छोटी-छोटी भट्ठियाँ लगाये हुए हैं और यह धुआँ इन्हीं भट्ठियों का है। यह लोग छोटे-छोटे प्याले, कुल्हड़ और हुक्के की चिलमें बनाते-पकाते रहते हैं। वे गधे इन्हीं के हैं। वैसे यह खुद भी हर समय मिट्टी और कालिख से यों लथपथ रहते हैं कि बिल्कुल गधे-से नजर आते हैं।

चलते-चलते सामने बैठे उस मोची को एक नजर देख लीजिए। इतना अजीब मोची शायद ही आपने कहीं देखा हो। बेहद बूढ़ा है। कितने ही वर्षों से इसी स्थान पर बैठा हुआ है। हर समय काम पर झुका रहता है, जिसकी वजह से इसकी पीठ में बिलकुल ऊँट की तरह का कोहान-सा उभर आया है। कभी-कभी कुछ शरारती बच्चे इसे काम में मग्न देख इसकी पीठ पर मुक्का मार जाते हैं। गर्मियों में जब वह नंगे बदन बैठा होता है तो उसकी पीठ में उभरी हुई हड्डी को देखकर बहुत डर लगता है। न जाने अभी तक इसकी रीढ़ की हड्डी ने उसकी खाल को चीर क्यों नहीं डाला।

गली वाले कहते हैं, यह मोची पागल है। हो सकता है, यह बात ठीक ही हो, क्योंकि अक्सर उसके पास मरम्मत के लिए जूते वगैरा कम आते हैं। लेकिन वह फिर भी हर समय कुछ न कुछ करता ही रहता है। कभी-कभी वह अपने आस-पास पड़े फटे-पुराने जूतों को उधेड़-उधेड़कर उन्हें यों चबाने लगता है जैसे रोटी खा रहा है और फिर जैसे अचानक उसे इस बात का एहसास हो जाता है कि वह रोटी के बजाय सूखा, खुरदरा चमड़ा चबा रहा है और वह मुँह में पड़े टुकड़े निकाल उन पर बेतहाशा थूकने लगता है और उन्हें

ऊपर आसमान की तरफ फेंक फेंककर कहता रहता है, "तू खा ! तू खा"...

अब अगर आप चाहें तो थोड़ी देर यहाँ रुका जा सकता है। धुआँ तो यहाँ भी है, लेकिन जरा कम है। अपना मुँह जरा इधर फेर लीजिए। उधर दो औरतें पेशाब कर रही हैं। जी हाँ, बेशरम औरतें हैं, लेकिन क्या करें ? अगर गली में न करें, तो चौके में करें ? जी, इस गली के किसी मकान में लघु या दीर्घ किसी शंका के लिए कोई अलग स्थान नहीं। कम-से-कम नजर तो यों ही आता है, क्योंकि दोनों काम गली के किसी भी नुक्कड़ में होते दिखायी देते हैं।

सामने के मकान में एक बूढ़ा-बुढ़िया रहते हैं। बूढ़ा सत्तर के करीब होगा और बुढ़िया पचहत्तर की। बूढ़े की आँखें करीब-करीब खत्म हो चुकी हैं और बुढ़िया इतना ऊँचा सुनती है कि कहा जा सकता है कि कुछ भी नहीं सुनती। बूढ़ा लाठी टेककर रास्ता टटोल-टटोलकर कुछ कदम चल लेता है, बुढ़िया किसी तरह भी चल नहीं पाती। कुछ दिन पहले तक वह हाथों के बल थोड़ा-बहुत घिसट लिया करती थी। बूढ़ा अपनी कोठरी के दरवाजे पर बैठा मूँगफली बेचता है। आप हैरान होंगे कि करीब-करीब अंधा होने के बावजूद वह हाथों से टटोलकर देख लेता है कि सिक्का खोटा है या खरा। गो इसकी नौबत कम ही आती है। पैसे-दो पैसे की मूँगफली में कौन-सा बड़ा धोखा हो सकता है। फिर भी वह आदतन हर सिक्के को ठोंक-बजाकर ही लेता है। बुढ़िया दिन-भर साथ पड़ी चारपाई पर लेटी-लेटी कराहती रहती है। शाम को गली का कोई आदमी उन्हें बाजार से दो रोटियाँ और दाल ला देता है। बूढ़ा रोटियों को तोड़-मरोड़कर दाल में मिला देता है। कुछ अपने मुँह में डाल लेता है और कुछ बुढ़िया के मुँह में ठूँसता रहता है। खाते-खाते बुढ़िया बच्चों की तरह रोती रहती है और बूढ़ा गालियाँ दे-देकर उसे रोने से मना करता है और कहता है, शुक्र करो और भगवान का नाम लो। लेकिन बुढ़िया भगवान का नाम लेने के बजाय गिड़गिड़ा-गिड़गिड़ा कर अपने बेटे रामलाल को बुलाती है। और फरियाद करती है कि जाते समय वह उसे भी साथ क्यों नहीं ले गया।

कभी-कभी बूढ़ा तैश में आ जाता है और रोटी के कटोरे को गली के बीच में पटक देता है और गली में घूम रहा कोई कुत्ता उसे चाटने लगता है।

उफ ! आपका जी फिर मितलाने लगा। चलिये, आगे चलते हैं। अब तो वह औरतें भी उठ गयी हैं।

इस मकान में एक ताँगे वाला रहता है, बसाती। बड़ा जाबर आदमी है।

सारी गली में इसकी धाक है। डील-डौल बहुत प्रभावशाली है और आवाज में एक भयानक कड़क। जब कभी अपनी बीवी धनिया को पीटता है तो लोगों की अक्ल दंग रह जाती है। हर बार यों लगता है कि जान ही से तो मार डालेगा। पीटता-पीटता बालों से घसीटता गली में ला फेंकता है। ताबड़तोड़ लातें जमाता है और जब वह बेहोश हो जाती है तो दरवाजा अन्दर से बन्द कर लेता है और कहता है—"खबरदार, जो वापस मेरे घर में आयी !"

लेकिन, साहब, क्या कहूँ। इस औरत की हड्डी सख्त है कि इतनी मार खा चुकने के बाद भी उसे कुछ नहीं होता। रात-भर गली में पड़ी रहती है और सुबह जब बसाती ताँगा जोतकर बाहर निकल जाता है तो उठकर अन्दर चली जाती है और दिन-भर अपनी मार-पीट का बदला अपने छोटे-छोटे बच्चों से लेती है।

जी हाँ, मैंने एक बार इस बसाती को समझाने की कोशिश की थी। मैंने कहा था, "देखो, अगर किसी रोज मर गयी तो इन बच्चों का क्या होगा ? कैसे पालोगे इन्हें ? छोटे-छोटे तो हैं ?" बसाती वैसे बड़ा मिलनसार आदमी है। बोला, "बाबूजी क्या कहें आपसे। यह तो मर ही जाय तो अच्छा है।" मैं कुछ समझा नहीं। लेकिन बाद में पता चला कि वह बच्चे बसाती की पहली बीवी के हैं और बसाती धनिया को पीटता इसीलिए है कि वह इन बच्चों के साथ अच्छा सलूक नहीं करती।

फिर भी बसाती की क्रूरता का कारण पूरी तरह मेरी समझ में आया नहीं। कुछ लोग कहते हैं, उसे शक है कि धनिया कभी-कभी शाम को उस चुड़ैल बुढ़िया के मकान पर भी जाती है। मैं कह नहीं सकता, क्योंकि इस बात का समर्थन करने के लिए मैं बसाती से पूछने की हिम्मत नहीं रखता।

लगता यों है कि आपने बसाती का किस्सा ध्यान से सुना नहीं। वरना आप जरूर कुछ-न-कुछ कहते। क्या कहा, अब आप वापस जाना चाहते हैं ? ठहरिए, मेरे मकान में नहीं चलियेगा ? वह सामने ही तो है।

अच्छा, न सही। लेकिन रुकिए तो। उस मकान में कुछ रोज हुए एक अजीब घटना घटी थी। उसे तो सुन ही लीजिए। वहाँ दरअसल तीन परिवार रहते हैं। मकान जरा बड़ा है। जी हाँ, बाहर से तो कोई खास बड़ा नजर नहीं आता। लेकिन उसमें चार कमरे हैं। तीन नीचे और एक ऊपर। ऊपर वाले कमरे में मैं रहता हूँ। जी हाँ, क्या करूँ, किसी और गली में पाँच रुपये माहवार

पर जगह मिलनी मुश्किल है। मैंने सोचा, मैं अकेला हूँ और फिर कमरा जरा गली से हटकर है। खैर, उसे छोड़िये। क्या करूँ, पढ़ाई का अपना खर्चा तो है ही। मुझे बीस-पच्चीस घर भी तो भेजने पड़ते हैं। जी नहीं, मैं विवाहित नहीं, लेकिन माँ-बाप तो हैं।

खैर, मेरी बात फिलहाल रहने दीजिए। हाँ तो उस मकान में तीन परिवार रहते हैं। परिवार तो दरअसल एक ही है, लेकिन तीन हिस्सों में बँटा हुआ है। एक में एक पति-पत्नी और दो बच्चे हैं। उस औरत की बहन और उसके बच्चे दूसरे कमरे में हैं। इसका पति, कुछ लोग कहते हैं, उसे छोड़कर कहीं चला गया है। वर्षों से लापता है। न जाने है भी या नहीं। और तीसरे में इन दोनों बहनों का बाप और उनकी सौतेली माँ।

इनके दो बच्चे हैं। दोनों लड़कियाँ हैं। एक सात बरस की और दूसरी नौ बरस की। इनका एक जवान लड़का था, जिसने आत्महत्या कर ली थी।

आप जरा जल्दी में हैं, नहीं तो मैं आपको खोलकर बतलाता कि इस घर में रहने वाले लोग क्या-क्या करते है, क्या खाते-पीते हैं, वगैरा-वगैरा। मोटी-सी बात यह है कि यह तीनों परिवार भी इस गली के और परिवारों की ही तरह काफी गरीब हैं।

हाँ, दोनों बहनें अपनी सौतेली माँ से तो लड़ती ही हैं; आपस में भी खूब जी-भरकर झगड़ती हैं। और इस घर के बच्चे, मैं ठीक नहीं जानता कौन किसका है, बेचारे इस दंगे-फसाद की वजह से हर समय सहमे-सहमे रहते हैं। मेरा अनुमान है इस गली में सबसे अधिक दुखी यही बच्चे हैं। उनके चेहरों पर हर समय मौत की परछाइयाँ मँडराती नजर आती हैं।

खैर, मेरी बात का असली वास्ता इन बहनों के बाप से है, जिसने तीन ब्याह किये। दोनों बहनें उसकी पहली पत्नी से हैं। दूसरी से कोई बच्चा नहीं हुआ और तीसरी अभी तक है, जिससे दो लड़कियाँ हैं और एक लड़का था, जो अब मर चुका है।

लड़के की मौत मेरे यहाँ आने से पहले हो चुकी थी। लेकिन मैंने सुना है कि इस लड़के की मौत से बाप के दिल पर इतनी गहरी चोट लगी कि पहले उसकी आँखें जाती रहीं, फिर कान बन्द हो गये और फिर एक दिन एकदम जुबान भी बन्द हो गयी। कुछ महीने पहले जब मैंने उसे देखा तो वह बेचारा न देख सकता था, न सुन सकता था, और न बोल सकता था। शायद यह भी कोई

बीमारी ही थी।

लेकिन हैरानी की बात यह है कि उसे अचानक बहुत ज्यादा भूख लगने लगी। उसकी पत्नी लक्ष्मी, हमेशा शिकायत करती रहती। पहले-पहल तो मुझे खुद विश्वास न आता था, लेकिन एक दिन मैंने खुद अपने सामने उसे एक-के-बाद एक बीस रोटियाँ निगल जाते देखा। आहिस्ता-आहिस्ता उसकी भूख गली-भर में मशहूर हो गयी। सुबह-शाम इस घर के आँगन में तमाशा-सा लगा रहता। वह सेहन में बैठा होता और लोग उसके सामने रोटियाँ फेंकते रहते और वह उठा-उठाकर उन्हें मुँह में डालता जाता और जब खा चुकता, तो हाथ-बढ़ाकर और आँ-आँ के साथ और रोटी के लिए माँग करने लगता।

लक्ष्मी कहती, "तो बताओ, लोगो, मैं क्या करूँ ?" उसकी दोनों सौतेली लड़कियाँ उसको चिढ़ाने के लिए कहतीं, "सारी उमर तुम्हें खिलाता रहा है, अब खिलाना पड़ा तो मरी क्यों जाती हो ? जैसे हो खिलाओ।" बड़ी अजीब बात है, इन दोनों बहनों को अपने बाप पर तरस नहीं आता था। लक्ष्मी को उनके तानों से आग-सी लग जाती। वह कहती, "मैं बूढ़े बैल का दोजख भरूँ या इन मासूम लड़कियों का पेट पालूँ ? मैं क्या करूँ। मेरी कौन-सी तनख्वाह बँधी हुई है ? अगर नहीं देती, तो यह, डाँ-डाँ, करता रहता है। न जाने इसे कौन-सा जिन्न चिमट गया ! लोगो मैं किधर जाऊँ, तुम ही बताओ।

और जब वह सेह्न में खड़े लोगों को सम्बोधित कर अपनी सफाई पेश कर रही होती तो उसका बूढ़ा पति हाथ फैला-फैलाकर एक अजीब-से अमानुषिक स्वर में रोटी माँग रहा होता। सच्ची बात है, पास खड़े लोगों को उस पर तरस भी आता और हँसी भी।

आखिर एक दिन कुछ दिन पहले की बात है--लक्ष्मी उस बूढ़े का हाथ पकड़कर कहीं ले गयी और जब वापस आयी तो अकेली। अब वह बूढ़ा न जाने कहाँ हैं। लोग कहते हैं, लक्ष्मी उसे बड़े स्टेशन के पास भिखारियों के पुल पर छोड़ आयी है। लक्ष्मी की दोनों सौतेली लड़कियाँ दिन-भर उसे ताने देती रहती हैं और लक्ष्मी तानों का जवाब। बच्चे और सहमे-सहमे रहने लगे हैं। सुनता हूँ डर के मारे एक से अधिक रोटी नहीं माँगते।

अब आप चाहें तो इसी तरह नाक पर रूमाल रखे वापस जा सकते हैं। यह इस गली का आखिरी मकान था। जहाँ यह बदबू खत्म हो जाय समझिये कि गली खत्म हो गयी।

# ऋण

गली के मोड़ पर दीवार में धँसी एक पान की दुकान। बूढा पानवाला शाम के इन्तजार में ऊँघ रहा है। दहकती धूप। सूना सन्नाटा। दुकान के पास दीवार से चिपके सूखे साये में लोहे की एक टूटी कुर्सी पर बैठे झुके वह अखबार देख रहे हैं। हमेशा की तरह। कुछ फासले पर रुक जाता हूँ। चाहता हूँ वहीं से लौट जाऊँ। अबकी बार बहुत दिनों बाद उधर गया हूँ। पास जाकर खड़ा हो जाता हूँ। मुजरिम। उनके जूते। काँपते हुए हाथ। सिर पर सूखी रुई। वह देखकर कुछ लम्हे देखते रहते हैं। खाली आँखें वीरान मुस्कराहट। घुटनों पर हाथ रखकर धीरे-धीरे उठते हैं। अखबार नीचे सरक जाता है। कुर्सी की चरमराहट। और शायद उनके घुटनों की। अखबार उठाकर दुकान के फट्टे पर रख देता हूँ। पानवाला आँख झपकता है। फिर वापस अपनी ऊँघ में गुम हो जाता है। वह मेरी तरफ देख रहे हैं। मैं जेब में हाथ डालता हूँ। यहीं से लौट सकता हूँ। कुछ बड़बड़ाकर। शायद वह भी यही चाहते हों। वह देख रहे हैं। मैं जेब से हाथ निकाल लेता हूँ। नहीं। फिर उनके साथ चल देता हूँ। घर। मुजरिम।

माँ एक कोने में बैठी है। बुदबुदा रही है। अकेली। हमेशा की तरह। वह झुककर उसे कन्धे से हिलाते हैं। देख, कौन आया है। आवाज में घर के मातमी माहौल को दूर करने की एक कमजोर-सी कोशिश है। माँ करीब-करीब अन्धी आँखों से मेरी तरफ देखती है। बूढ़ी भिखारिन। मैं एक मुचड़े हुए बिस्तर पर बैठ जाता हूँ। मुजरिम। बुढ़ापे और बीमारी की बू। वह कराहती हुई मेरे पास आती है। मैं सिर झुका लेता हूँ। लाशें। कुछ कहना

चाहिए। कुछ भी। वह झुककर मुझे प्यार कर रही है और रो रही है। बैलगाड़ी की रूँ-रूँ। मेरे होंठ भिंच जाते हैं। नहीं आना चाहिए था। अब बैठ भी जा, पिता चिल्लाते हैं। मैं उनकी तरफ देखता हूँ। वह दूसरी चारपाई पर बैठ चुके हैं। सिर को हाथों से थामे हुए मेरी तरफ देख रहे हैं। उनकी आँखों में अटका हुआ डर। जैसे मुझसे मुआफी माँग रहे हों। हमेशा की तरह। मैं उनसे मुआफी माँगना चाहता हूँ। सिर झुका लेता हूँ। माँ साथ सटकर बैठ जाती है। मैं जरा परे सरक जाता हूँ। वह पास सरक आती है। पल्लू से मुझे हवा दे रही है। पिता खिसियाकर हँसते हैं। फिर हँसी को खाँसी में छिपा लेते हैं। मेरी नजरें सामने के कोने पर जम जाती हैं। माँ का हाथ मेरी पीठ सहला रहा है। जैसे कोई भिखारिन अपने बच्चे को सुला रही हो। जूठे बरतन। फटे जूते। बालों के गुच्छे। एक टेढ़ी कुरसी। जगह-जगह टँगे हुए मैले कपड़े। लाशों के सूखे चीथड़े। माँ आँखें पोंछ रही है, मैं पसीना। मुजरिम।

उसे भूख नहीं लगती। कुछ हजम नहीं होता। उसके पास कोई ढँग का कपड़ा नहीं। दिन-भर वह पागलों की तरह इधर-उधर डोलती रहती है। कोई उससे सीधे मुँह बात नहीं करता। मौत भी तो नहीं आती। मेरी राह देखते-देखते उसकी आँखें पक जाती हैं। और मैं आकर मुँह बनाकर बैठ जाता हूँ। उसकी मुरादें कभी पूरी नहीं हुईं। उसके बापू कहा करते थे, तेरा बेटा तेरी मुरादें पूरी करेगा, तुझे चिन्ता किस बात की है। अच्छा, जो भगवान की मरजी। अपना-अपना नसीब है। करमों का फल है। वह सारा दिन पान की दुकान पर बैठे रहते हैं। छोटा सुबह निकलता है, रात को लौटता है। लड़की को अपने घूमने से ही फुरसत नहीं। वह ही अपने घर बसी-रसी रहती है तो उसका दुःख तो न दिखाई देता। अच्छा, जो भगवान की मरजी। किससे शिकायत करें। किसे अपना दुखड़ा सुनाएँ। कोई उसकी सुनता नहीं। मैं बहू की बात मानता हूँ। महीना-महीना गुजर जाता है, उनकी खबर तक नहीं लेता। पोतियों के लिए उसकी आँखें तरस गयी हैं। बूढ़ा शरीर। किसी दिन बैठे-बैठे प्राण निकल जायेंगे और किसी को पता तक नहीं चलेगा। ठीक है। भगवान की मरजी।

मैं गुस्से, बेबसी, और अवसाद से फूलता जा रहा हूँ। किसी भी वक्त फट सकता हूँ। मुझे नहीं आना चाहिए था। पिता नजर नहीं मिलाते। शायद वह भी माँ की शिकायतों से सहमत हैं। मैं उन शिकायतों को दूर नहीं कर सकता। कर

सकता हूँ। नहीं कर सकता। कर सकता हूँ। पसीजने के बजाय मैं घृणा से भर जाता हूँ। पिता मेरी तरफ देखते हैं। उनकी आँखों में डर है। मुझे उस डर पर और गुस्सा आता है। उन पर भी, अपने आप पर भी।

साथ वालों की एक गन्दी-सी बच्ची दरवाजे में खड़ी अँगूठा चूस रही है। पिता उसे पास बुला लेते हैं। देख मन्नो आयी है। मन्नो को माँ की तरफ धकेलते हैं। माँ नाक सिकोड़ लेती है। वह उसे क्या करे। उसकी अपनी पोतियाँ हैं। लेकिन कोई उन्हें उससे मिलाता तक नहीं। शक्ल तक के लिए तरस गयी है। मैं उसे अपने पास क्यों नहीं रखता। बेटा भगवान् देता किसलिए है ! बुढ़ापे में अगर बेटा माँ-बाप की सेवा नहीं करेगा तो और कौन करेगा ? लेकिन वह मुझे भी दोष दे तो कैसे। उसकी किस्मत ही ऐसी है। सारी उम्र···वह फफकने लगती है। मैं मुजरिम।

मन्नो सहमी हुई-सी कमरे से बाहर चली जाती है। पिता चिल्ला उठते हैं—अब चुप भी करेगी ? मैं उनकी तरफ देखता हूँ। वह नजर नहीं मिलाते। उन्हें भी शायद वह सब शिकायतें हैं जो माँ को हैं। कहते नहीं। मुझे उनकी खामोशी पर भी गुस्सा आता है। मैं आँखें बन्द कर लेता हूँ। जहर का घूँट गले में रुक जाता है। अँधेरे में माँ की रिरियाहट। मैं उठ खड़ा होता हूँ। छोटा भाई कमरे में दाखिल होता है। उसका सिर झुका हुआ है। मैं उसकी तरफ देखकर मुसकराना चाहता हूँ। लेकिन वह आँख नहीं मिलाता। उसे भी शायद मेरे खिलाफ बहुत शिकायतें हैं। मैं नजरें नीची कर लेता हूँ। मुजरिम। मुझे नहीं आना चाहिए था। छोटे भाई के आ जाने से तनाव में एक और रंग आ गया है। एक और कसाव।

सामने एक नंगी अल्मारी में भाई की उखड़ी-उखड़ी किताबों के बीच मेरी एक पुरानी तस्वीर पड़ी है। शीशा टूटा हुआ है। कभी पिता या भाई ने किसी बात पर बेकाबू होकर उसे फर्श पर पटक दिया होगा। मेरी नजरें अपने उस चूर-चूर चेहरे पर जम जाती हैं। अपने-आप पर भरपूर दया आती है। फिर उस दया पर गुस्सा। सिर को एक झटका देता हूँ। सब कुछ हिल जाता है। दरवाजे की तरफ बढ़ता हूँ। यहाँ बहन की सूखी काया दिखाई देती है। जा रहे हो, वह पूछती है। मैं खामोश रहता हूँ। माँ उठकर मेरे पास आ खड़ी हुई हैं।

थोड़ी देर तो और बैठो, बेटा, मेरा दिल डूब रहा है। मैं खामोश रहता हूँ। पिता मेरे पीछे खड़े हैं। आँखे बन्द करके उनका चेहरा देखता हूँ। बच्चे ठीक

है ? बहन पूछती है। बड़ी आयी बच्चों की खैरखाह। माँ बोल उठती हैं। बहन एक लम्बी साँस लेती है और मेरी तरफ देखती है, जैसे कह रही हो, देखा मेरी क्या दुर्गति होती है, इस घर में। मैं नजरें झुका लेता हूँ। मुजरिम।

फिर शहादत और शर्म मे लिपटा हुआ मैं दरवाजे से बाहर हो जाता हूँ। माँ यूँ कुरला रही है जैसे कोई उसे हलाक कर रहा हो। पिता का हाथ अपने कन्धे पर पत्थर-सा महसूस होता है। उनका चेहरा पिघल रहा है। उनकी आँखों में आतंक है। वह माँ की तरफ इशारा करते हैं। माँ दहलीज पर गिरी-सी कुरला रही है। मैं मुड़कर माँ के पाँव पर झुक जाता हूँ। वह उसी तरह रोती-चिल्लाती रहती है। मैं सीधा होकर पिता की तरफ देखता हूँ। वह नजर नहीं मिलाते। मैं दौड़कर घर से बाहर हो जाता हूँ। मुजरिम।

पीछे मुड़कर देखता हूँ। पिता सिर झुकाये पीछे-पीछे चले आ रहे हैं। मेरी चाल धीमी हो जाती है। पान की दुकान तक पहुँचते-पहुँचते वह मेरे साथ आ मिलते हैं। वहाँ रुककर मैं जेब से कुछ मुड़े-तुड़े नोट निकालकर उनके हाथ में रख कर उनका हाथ दबा देता हूँ। वह खामोश हैं। पानवाला अब हमारी तरफ देख रहा है। मैं थोड़ा झुककर पिता के पाँव की तरफ हाथ बढ़ाता हूँ और फिर उनसे नजर मिलाये बगैर सड़क की तरफ मुड़ जाता हूँ, जहाँ धूप अब भी कड़क रही है।

मिल आये, बीवी पूछती है। हाँ, मैं जवाब देता हूँ। कैसे थे ? वह पूछती है। ठीक थे, मैं जवाब देता हूँ। क्या बातें हुईं ? वह पूछती है। कोई खास नहीं, मैं जवाब देता हूँ। कुछ कहते थे ? वह पूछती है। नहीं, मैं जवाब देता हूँ। सेहत कैसी थी ? वह पूछती है। ठीक थी, मैं जवाब देता हूँ। उदास थे ? वह पूछती है। नहीं, मैं जवाब देता हूँ। कितने पैसे दिये ? वह पूछती है। मैं खामोश रहता हूँ। कोई झगड़ा तो नहीं हुआ ? वह पूछती है। नहीं, मैं जवाब देता हूँ। तो चुप क्यों हो ? वह पूछती है। मैं खामोश रहता हूँ। जब वहाँ से लौटते हो, इसी तरह, वह कहती है। मैं खामोश रहता हूँ और उसकी तरफ यूँ देखता हूँ जैसे सारा कसूर उसी का हो। कितनी बार कहा है, इससे तो न जाया करो, डाक से भेज दिया करो, वह कहती है। मैं दाँत पीसकर कहता हूँ—अब चुप भी करेगी। पास बैठी बच्चियाँ सहम जाती हैं।

# भूत

—एक बात बताऊँ ? अजीब और नयी बात !

तब हमारी शादी हुए बहुत दिन नहीं बीते थे, हम नये-नये उस मकान में आये थे, और काम के बाद सीधा घर लौटना मेरे लिए एक नयी और खुशगवार बन्दिश थी, कि मैं अपनी पुरानी आदतों और पुराने पिटे हुए रास्तों से ऊब चुका था, और उसका जिस्म मेरे लिए नया और अजनबी था, और उसकी बहुत-सी हरकतें भी, कि शादी से पहले की हमारी मुलाकातें तरह-तरह की रुकावटों और अनिश्चितताओं में कसी रहती थीं, और अब हम एक-दूसरे को खोल-टटोल रहे थे, और अक्सर शाम को कोई-न-कोई नयी बात उसके होठों पर मुस्करा रही होती, और मुझे बहुत अच्छा लगता, कि खुद मेरे अन्दर बेशुमार उलझनें अटी पड़ी थीं, हर बात मेरे होंठों से टूटकर गिरती थी, और मुझे शक हुआ करता था कि कोई भी बात नयी या अजीब हो सकती है।

शायद इसी शक को मार डालने के लिए ही मैंने काफी लम्बी खींचा-तानी के बाद आखिर एक झटके से शादी का फैसला कर लिया था, और फिर उस झटके की झनझनाहट खत्म होने से पहले ही शादी भी। उसे यह सब मालूम नहीं था, या शायद था, और वह उस झनझनाहट को जिन्दा रखने के लिए ही मुझे नयी और अजीब बातें सुनाया करती थी, कह नहीं सकता। बहरहाल वे हमारे साथ की जवानी के दिन थे, उसके कच्चे जवान जिस्म की करारी खट-मीठी खुशबू से हर रात हमारा बिस्तर महक उठता था, और उसके विचारों और मूल्यों की बू से हवा अभी बोझल नहीं हुई थी, और मुझे उसकी

परिन्दाना शोखी और चहचहाहट बहुत भाती थी, और मेरी आँखों में बैठे हुए दो उल्लू, कुछ देर के लिए ही सही, कहीं और जा बैठते थे।

—एक बात बताऊँ ? अजीब और नयी बात !

मैं उसकी बात के इन्तजार में मुस्करा रहा था—अभी मेरी मुस्कराहटों में वे साँप लहराने नहीं शुरू हुए थे जिनसे बाद में वह काँप उठा करती थी—और वह मेरे पास खड़ी हाथ पीछे बाँधे टहनी-सी झूल रही थी—अभी उसे इस तरह झूलता देखकर मुझे घटिया घरेलू फिल्मों की नायिकाएँ याद नहीं आती थीं और न ही यह महसूस होता था कि वह कोई घटिया घरेलू गजल गा डालने के लिए उतावली हो रही हो, बेशक उन दिनों नये जोड़ों के दस्तूर के मुताबिक हम हर नयी फिल्म देखने में ज्यादा देर नहीं लगाते थे, कि दिल बहलाने का वही एक सस्ता और आजमाया हुआ तरीका था, हालाँकि मुझे महसूस यही होता था कि जैसे हम एक ही फिल्म बार-बार देख रहे हों, लेकिन उसे फिल्मी गानों की तर्जें उतारने का शौक हुआ करता था, और मैं उसके शौक को बर्दाश्त कर लेता था, और फिर यह भी तो था ही कि शाम गुजारने का और कोई तरीका या सुझाव मेरे पास नहीं था। और शाम का बोझ उन दिनों भी बहुत भारी हुआ करता था।

—वे जो सामने वाले मकान में रहते हैं ना, अजी वही जिनके यहाँ आजकल बहुत-से मेहमान उतरे हुए हैं, उनके बारे में एक अजीब बात सुनी है, आज ही।

मैं मुस्कराता रहा और उसकी तरफ देखता रहा—आँखों में आँखें डालकर देखने की बात तो उस जमाने में भी नहीं थी, लेकिन अभी उसकी तरफ देखते समय उसके भोलेपन पर शक करने का दौर नहीं आया था, और मुझे उसका वह अफवाह-बाजाना लहजा अच्छा लग रहा था, हालाँकि मैं जानता था कि बात मामूली-सी ही होगी और वह मेरी थकावट दूर करने के लिए ही इतनी निखरी हुई आवाज में बोल रही थी।

—कभी उन्हें देखा तो जरूर होगा ? शायद न भी देखा हो। आपके शरमीलेपन की तारीफें मकान भर में होती रहती हैं। खुद मुझे आज तक यह मालमू नहीं था कि वहाँ कोई आदमी भी रहता है। मैं तो यही समझती थी कि वह औरत विधवा है। अजी वही, जो इन मेहमानों के आने से पहले दिन-भर वहाँ उस बालकनी में अकेली गुमसुम बैठी रहती थी। बूढ़ी-सी औरत है। ज्यादा बूढ़ी भी नहीं। उनकी बड़ी लड़की की शादी होने वाली है, इसीलिये

उनके यहाँ इतनी भीड़ उतरी हुई है। वह लड़की भी अजीब है। कहीं अलग रहती है। किसी दूसरे शहर में। शायद कोई नौकरी करती है।

मेरी मुस्कराहट सिमट आयी।

—लेकिन इसमें नया क्या हुआ ? दरअसल अचानक उसका वह लहजा मुझे अखर उठा था। शायद उसी वक्त पहली बार मैंने साफ तौर पर महसूस किया हो कि दूसरों के बारे में बात करते समय उसके लहजे में सूखी सख्ती और कोरेपन का स्वर बोलने लगता था, और शायद उसी रोज पहली बार मुझे यह सोचकर घबराहट हुई हो कि वह अगर इतनी अनुदार और तंग है तो कैसे चलेगा। कह नहीं सकता, क्योंकि इस बात को हुए, और उसके साथ रहते, एक मुद्दत बीत चली है, और इस बीच मेरी अपनी जेहनी धुन्ध गहराती ही चली आयी है हत्ताकि अन्त··· ।

—आप सुनें तो ?

मैं सुन रहा था।

वह मेरे और पास आकर बोली—मैंने सुना यह है कि उन दोनों ने पिछले न जाने कितने बरसों से—शायद बीस से भी ज्यादा बरसों से—आपस में कभी कोई बात नहीं की। है न अजीब बात ?

मुझे हैरानी तो जरूर हुई, लेकिन शायद उसकी आशा से कम।

—आप समझे नहीं। मैंने सुना यह है कि वे दोनों इस सारे अरसे में एक साथ रहते चले आये हैं, पति-पत्नी हैं, और आपस में बात तक नहीं करते। बीस-एक बरसों से उनकी बोल-चाल एकदम बन्द है, यह कैसे हो सकता है, मुझे तो अब भी यकीन नहीं आता।

अब मेरी हैरानी बढ़ गयी थी, और मैं उनके खामोश सहअस्तित्व के बारे में सोचकर और हैरान होने की कोशिश कर रहा था, हालाँकि अभी तक मैंने इस बात को पूरी तरह समोया नहीं था, लेकिन मुझे डूबता देख वह उभर आयी और बोली—पहले तो जनाब को यकीन नहीं आ रहा था, और अब एकदम गुम हो गये हैं। अब गोली मारिये, हमें आज शाम बाहर भी तो जाना है।

—किसने बतायी यह बात ?

—अब किसी ने भी बतायी हो, आपको बात से मतलब है। मैंने तो गलती की जो आपको बता दिया, अब सारी शाम आप उन्हीं के बारे में सोचते रहेंगे, बात हुई खत्म हुई।

लेकिन मेरे लिए वह बात अभी तक खत्म नहीं हुई।

उस रात मुझे नींद नहीं आयी। वह मजे में सोयी रही, और मैं धीमे-से उठकर कमरे से बाहर निकल गया। आसमान पर रात के आखिरी पहर की गहरी नीली स्याही पुती हुई थी। मैं उनके फ्लैट को घूरता रहा। वे अलग-अलग कमरों में पड़े अलग-अलग सपनों से बिदक रहे होंगे, अलग-अलग करवटें बदल रहे होंगे, अब उनकी उम्र पचास के करीब होगी, बीस-पचीस साल और वे इसी तरह अलग-अलग सोयेंगे, दिन में जब कभी एक-दूसरे की आवाज सुनते होंगे, तो क्या सोचते होंगे, वे अपने बच्चों के बारे में अलग-अलग सोचते होंगे, उनके बच्चे उनके बारे में आपस में बातें करते होंगे, कभी तो उन बच्चों ने उनकी खामोशी तोड़ने की कोशिश की होगी, जब उनके मेहमान चले जाएँगे तो वह औरत फिर गुमसुम उस बालकनी में बैठा करेगी, और वह आदमी, उसे तो कभी देखा ही नहीं, वह दिन-भर कमरे में बन्द रहता होगा, शायद उसे पढ़ने का शौक हो, उसके पुराने दोस्त उससे मिलने आते होंगे, कभी-कभी उन दोनों की निगाहों के टकराव से शरीर फूटते होंगे, लेकिन बरसों की खामोशी से वे दोनों एक-दूसरे के लिए सुन्न हो चुके होंगे, लेकिन इतनी लम्बी खामोशी का कारण--जिद्द ? नाराजगी ? कोई खास एक घटना ? शायद उन्होंने बहुत गहरी बहस के बाद फैसला किया हो, लेकिन नहीं, वह औरत बहुत आम किस्म की बातूनी औरत है, फैसला एकतरफा रहा होगा, आदमी की तरफ से, लेकिन··रात को सो जाने से पहले, लेकिन उन्हें नींद कैसे आती होगी, अगर किसी को मालूम हो कि साथ वाले कमरे में पड़ा कोई जाग रहा है और सोच रहा है, लेकिन शायद अब वे सोचते नहीं होंगे, कभी तो तड़प उठते होंगे, अपनी खामोशी से तंग आकर, कभी तो उन्होंने एक-दूसरे को मार डालने की बात सोची होगी, शायद कोशिश भी की हो, वह औरत शायद मन्दिर वगैरह जाती होगी, रिश्तेदारों से मिल आती होगी, लेकिन जब कभी कोई उसके पति के बारे में पूछता होगा तो, शायद सारा किस्सा फिर से सुना डालती हो, या शायद अब लोग पूछते ही नहीं होंगे, अगर किसी का बाजू कटा हुआ या आँख गायब हो, लोग आदी हो जाते हैं, लोग दूसरों के बारे में ज्यादा देर तक नहीं सोच सकते, मैं खुद इतनी लम्बी खामोशी शायद कभी न सह पाऊँ, वह आदमी चुपचाप पागल हो चुका होगा, इसीलिए दिखायी नहीं देता, मुझे उन दोनों से मिलना चाहिए, लेकिन नहीं, इतनी लम्बी खामोशी को

किसी सवाल से नहीं कुरेदा जा सकता। लेकिन यह हो सकता है यह बात ही सरासर गलत हो, इतनी लम्बी खामोशी का बोझ सहने के लिए बहुत ताकत चाहिए, उनमें होगी ? नहीं··· ।

वापस बिस्तर में जा लेटने के बाद मैंने कल्पना की कि मैं वह आदमी हूँ, और मेरे साथ सोयी हुई मेरी बीवी वह औरत है। इसी कल्पना के डर में डूबा हुआ मैं सो गया।

वह नींद अभी तक नहीं टूटी। बीच के सालों में बहुत कुछ हुआ, बहुत कुछ बीता है, बहुत कुछ सहा है, हम दोनों ने, साथ-साथ, और अलग।

अब हम साथ-साथ रहते हैं, अपने मकान में, साथ-साथ कमरों में, खामोश। हमारे बच्चे बिखर चुके हैं। कोई मुझसे मेरी खामोशी का कारण नहीं पूछता। मैं दिन-भर अपने कमरे में बन्द रहता हूँ। मुझे पढ़ने का शौक नहीं। डर लगता रहता है कि अगर कभी हमारी निगाहें टकरा गयीं तो क्या होगा। मैं सोने से पहले उसके बारे में नहीं सोचता, लेकिन मेरी नींद को सोना नहीं कहा जा सकता। वह सोचती है या क्या सोचती है, मैं नहीं जानता। अगर मुझसे हमारी इस लम्बी खामोशी का कारण पूछा जाय तो मैं शायद कोई जवाब न दे पाऊँ।

कभी-कभी ख्वाहिश होती है कि उससे पूछूँ कि उसे वह बात याद है, वह अजीब बात। लेकिन मैं पूछूँगा नहीं। हमारी यादें अलग-अलग हैं। इतनी लम्बी खामोशी को मैंने कैसे सहा है ? खामोश रहकर। और अब मैं इससे भी लम्बी खामोशी के इन्तजार में हूँ।

# आलाप

कोई मेरे दाँतों पर हथौड़ा मार रहा है, और मैं चिल्ला रहा हूँ—मेरे दाँत सोने के नहीं, इन्हें मत तोड़ो।

...

मेरे दाँत झड़ रहे हैं जैसे किसी पेड़ से पके हुए बेर।

...

मैं आईने के पास खड़ा हूँ, और एक-एक करके अपने दाँत उखाड़कर फेंक रहा हूँ, खाली हो जाने पर मेरा मुँह यूँ बन्द हो जाता है जैसे किसी बच्ची का पिचका हुआ जापानी बटुआ। मेरे होंठों के कोनों से खून की धारियाँ बह रही हैं, जैसे आँखों से आँसू।

...

मैं दाँतों के अस्पताल में हूँ और मुझे चारों तरफ दाँत ही दाँत दिखायी देते हैं।

...

मैं दरान्ती के दाँत गिन रहा हूँ और हाथी के दाँत देख रहा हूँ।

...

मैं सोच रहा हूँ अगर मेरे दाँत होते तो मैं उसे कच्चा चबा जाता। वह न जाने कौन है।

...

x x x

मेरे पास अपना आईना है। सुबह उठते ही मैं अपने आपको उसके सामने

खड़ा पाता हूँ। रात का पिटा हुआ बासी चेहरा दिखायी देता है। मैं उसे पहचानता हूँ, वह मुझे पहचानता है। मैं मुँह बनाता हूँ, वह मुँह बनाता है, हम दोनों मुस्कराते हैं, एक-दूसरे को पुचकारते हैं, और मैं अपने काम पर चला जाता हूँ।

शाम को फिर उस आईने के सामने जा खड़ा होता हूँ। दिन का पिटा हुआ बासी चेहरा दिखायी देता है। मैं उसका मुँह चिढ़ाता हूँ, वह मेरा मुँह चिढ़ाता है।

फिर हम दोनों मुस्कराते हैं, एक-दूसरे को पुचकारते हैं, और मैं शाम के लिए तैयार हो जाता हूँ।

कभी हमें किसी के यहाँ जाना होता है, कभी किसी को हमारे यहाँ आना होता है। अक्सर न कभी हम कहीं जा रहे होते हैं न हमारे यहाँ कोई आ रहा होता है। तब हम एक दूसरे से बातें करते हैं। दिन के बारे में, काम के बारे में, बच्चों के बारे में, इधर की बातें, उधर की बातें, इसकी, उसकी, घर की, बाहर की। कभी-कभी कोई छोटा-सा झगड़ा हो जाता है, कभी किसी बात पर छोटी-सी हँसी भी आ जाती है। और शाम बीत जाती है।

रात को सोने से पहले एक बार फिर मैं उस आईने के पास जा खड़ा होता हूँ, कपड़े उतारकर, अलिफ नंगा। और मुझे कुछ दिखायी नहीं देता।

हर रोज रात को मैं सोचता हूँ, इस आईने को तोड़ डालूँ, लेकिन हिम्मत नहीं होती।

अगर मेरे दाँत होते तो शायद मैंने इस आईने को काट लिया होता।

x x x

एक रात मैंने देखा कि मेरे साथ बिस्तर में एक नंगी गर्म लाश लेटी हुई है। मैं बहुत खुश हुआ। लाश ताजा और खूबसूरत थी, इसलिए शायद मैं डरा नहीं। रोज मैं अकेला सोता हूँ। मैने सोचा, आज मेरी नियति बदल गयी है।

चाँद खिड़की से झाँक रहा था। मुझे महसूस हुआ जैसे मेरा कोई दोस्त बाहर आसमान में अटका मेरी उस खूबसूरत गर्म लाश को देखकर मुस्करा रहा है।

मैं दीवानावार उस लाश से लिपट गया। न जाने कितनी देर लिपटा रहा। फिर मैंने उसकी आँखों को चूमा, होठों को चूसा, छातियों को दबाया, बालों को सहलाया, कूल्हों को दबोचा, अंग-अंग को नोचा, और वह सब किया जो एक

सेहतमन्द मर्द एक निहत्थी नंगी लाश के साथ कर सकता है, बार-बार, रात-भर।

सुबह जब नींद खुली तो वह लाश गायब थी और उसकी जगह एक बासी खूबसूरत औरत पड़ी थी, जो मुझसे पूछ रही थी—रात आपको क्या हो गया था, एक पल सोने नहीं दिया मुझे ?

उसकी आवाज सुनते ही मारे हैरानी और गुस्से के मेरे मुँह से दाँत गायब हो गये।

मैंने आँखें बन्द कर लीं और मुँह फेरकर काफी देर चुपचाप पड़ा रहा। उठा तो वह आईना सामने खड़ा मेरा मुँह चिढ़ा रहा था। मेरे दाँत होते तो मैं शायद हँस देता।

x x x

अब हम साथ अलग सीधे लेटे हैं जैसे दो लाशें हों। ठण्डी। घरेलू अँधेरे में डूबी हुई। इससे कुछ देर पहले हमने कपड़े उतारे थे, अपने-अपने, आहिस्ता, खामोशी में, एक-दूसरे की तरफ देखे बगैर। उससे कुछ देर पहले उसने कहा था—"आज रहने दो,आज मन नहीं और तुम बहुत थके हुए हो।" मैंने बेरुखी से जवाब दिया था—"तुम्हारा मन तो कभी नहीं होता और मैं थका हुआ नहीं।" इस पर उसने कपड़े उतारने शुरू कर दिये थे और कुछ देर बाद बिस्तर पर जा लेटी थी—सीधी और खामोश। फिर उसने मेरे साथ हिलने की,कुछ मुनासिब आवाजें निकालने की कोशिश की थी। मैंने आँखें बन्द करके उसे चूमा था। खाली हो जाने पर मेरी आँखें खुल गयी थीं और मैंने उसे छत की तरफ देखते हुए देखा था।

कुछ देर बाद मैंने कहा था—"तुम्हें मजा नहीं आया।"

वह धीरे से बोली थी—"आया था ।"

और अब हम पड़े हैं—साथ-अलग-सीधे-खामोश। उसकी आँखें बन्द हैं और चेहरा खाली है। मेरी आँखें खुली हैं और जिस्म खाली है। थोड़ी देर बाद हम सो जायेंगे। उसके बारे में नहीं जानता, मुझे अपने दुःस्वप्नों में अपने झड़ते हुए दाँत दिखाई देंगे।

x x x

एक आदमी था, आदमी था। उसकी एक बीवी थी, बीवी थी। उनके दो बच्चे थे, बच्चे थे।

बच्चे जूँ-जूँ बड़े होते चले गये वह आदमी और उसकी बीवी बूढ़े होते चले गये।

एक दिन उस आदमी ने बीवी से कहा—तुम्हारे बालों में सफेदी उतर रही है।

बीवी ने जवाब दिया—तुम बात करते हो तो तुम्हारे दाँत हिलते हैं।

इस पर वे दोनों हँसे नहीं।

दोनों बच्चे कहीं छिपे खड़े सब सुन रहे थे।

एक ने कहा—बेचारे ! दूसरे ने दुहराया—बेचारे ! और फिर वे दोनों बच्चे एक साथ हँस पड़े।

आदमी बोला—मेरा जी चाहता है खुदकुशी कर लूँ।

औरत बोली—मेरा जी चाहता है कोई ऐसा तरीका हो कि मैं फिर से जवान हो जाऊँ।

बच्चों की हँसी और तेज हो गयी।

आदमी ने औरत की तरफ देखा, औरत ने आदमी की तरफ, और दोनों की आँखें भीग गयीं।

और उन्हें महसूस हुआ जैसे जिन्दगी में पहली बार वे दोनों एक साथ खाली हुए हों।

और इस एहसास के साथ ही वे फिर एक दूसरे से दूर जा पड़े।

बच्चों की हँसी उनकी खामोशी में डूब गयी।

# मेरा दुश्मन

वह इस समय दूसरे कमरे में बेसुध पड़ा है। आज मैंने उसकी शराब में कुछ मिला दिया था कि खाली शराब वह शरबत की तरह गट-गट पी जाता है और उस पर कोई खास असर नहीं होता। आँखों में लाल डोरे-से झूलने लगते हैं, माथे की शिकनें पसीने में भीगकर दमक उठती हैं, होंठों का जहर और उजागर हो जाता है और बस—होशोहवास बदस्तूर बने रहते हैं।

हैरान हूँ कि यह तरकीब मुझे पहले कभी क्यों नहीं सूझी। शायद सूझी भी हो और मैंने कुछ सोचकर इसे दबा दिया हो। मैं हमेशा कुछ न कुछ सोचकर कई बातों को दबा जाता हूँ। आज भी मुझे अन्देशा तो था कि वह पहले ही घूँट में जायका पहचानकर मेरी चोरी पकड़ लेगा। लेकिन गिलास खत्म होते-होते उसकी आँखें बुझने लगी थीं और मेरा हौसला बढ़ने। जी में आया था कि उसी क्षण उसकी गरदन मरोड़ दूँ। लेकिन फिर नतीजों की कल्पना से दिल दहलकर रह गया था। मैं समझता हूँ कि हर बुजदिल आदमी की कल्पना बहुत तेज होती है, जो हमेशा उसे हर खतरे से बचा ले जाती है। फिर भी हिम्मत बाँधकर मैंने एक बार सीधे उसकी ओर देखा जरूर था। इतना भी क्या कम है कि साधारण हालात में मेरी निगाहें उसके सामने इधर-उधर चिड़ियों-सी फड़फड़ाती रहती हैं। साधारण हालात में मेरी स्थिति उसके सामने बहुत असाधारण रहती है।

खैर, अब उसकी आँखें बन्द हो चुकी थीं और सर झूल रहा था। एक ओर लुढ़ककर गिर जाने से पहले उसकी बाँहें दो लदी हुई ढीली टहनियों की सुस्त-सी उठान के साथ मेरी ओर उठ आयी थीं। उसे इस तरह लाचार

देखकर भ्रम हुआ था कि वह दम तोड़ रहा है।

लेकिन मैं जानता हूँ कि वह मूजी किसी भी क्षण उछलकर खड़ा हो सकता है। होश सँभालने पर वह कुछ कहेगा नहीं। उसकी ताकत उसकी खामोशी में है। बातें वह उस जमाने में भी बहुत कम किया करता था, लेकिन अब तो जैसे बिलकुल गूँगा हो गया हो।

उसकी गूँगी अवहेलना की कल्पना-मात्र से मुझे दहशत हो रही है। कहा न कि मैं एक बुजदिल इनसान हूँ!

वैसे मैं न जाने कैसे समझ बैठा था कि इतने अरसे की अलहदगी के बाद अब मैं उसके आतंक से पूरी तरह आजाद हो चुका हूँ। इसी खुशफहमी में शायद उस रोज उसे मैं अपने साथ घर ले आया था। शायद मन में कहीं उस पर रौब गाँठने, उसे नीचा दिखाने की दुराशा भी रही हो। हो सकता है कि मैंने सोचा हो कि वह मेरी जीती-जागती खूबसूरत बीवी, चहकते-मटकते तन्दरुस्त बच्चों और आरास्ता-पैरास्ता आलीशान कोठी को देखकर खुद ही मैदान छोड़कर भाग जायेगा, और मुझे हमेशा के लिए उससे निजात मिल जाएगी। शायद मैं उसे दिखाना चाहता था कि उससे पीछा छुड़ा लेने के बाद किस खुशगवार हद तक मैंने अपनी जिन्दगी को सँभाल-सँवार लिया है।

लेकिन ये सब लंगड़े बहाने हैं। हकीकत शायद यह है कि उस रोज मैं उसे अपने साथ नहीं लाया था बल्कि वह खुद ही मेरे साथ चला आया था, जैसे मैं उसे नहीं बल्कि वह मुझे नीचा दिखाना चाहता हो। जाहिर है कि उस समय यह बारीक बात मेरी समझ में नहीं आयी होगी। मौके पर बारीक बात मैं कभी नहीं सोच पाता। यही तो मुसीबत है। वैसे मुसीबतें और भी बहुत हैं लेकिन उन सबका जिक्र यहाँ बेकार होगा।

खैर, माला के सामने उस रोज मैंने इसी किस्म की कोई लंगड़ी सफाई पेश करने की कोशिश की थी और उस पर कोई असर नहीं हुआ था। वह उसे देखते ही बिफर उठी थी। सबसे पहले अपनी बेवकूफी और सारी स्थिति का अहसास शायद मुझे उसी क्षण हुआ था। मुझे उस कमबख्त से वहीं कहीं घर से दूर उस सूनी सड़क के किनारे किसी न किसी तरह निबट लेना चाहिए था। अगर अपनी उस सहमी हुई खामोशी को तोड़कर मैंने अपनी तमाम मज़बूरियाँ उसके सामने रख दी होतीं, माला का एक खाका-सा खींच दिया होता, साफ-साफ उससे कह दिया होता—देखो गुरु, मुझ पर दया करो और मेरा

पीछा छोड़ दो—तो शायद वहीं हम किसी समझौते पर पहुँच जाते। और नहीं तो वह मुझे कुछ मोहलत तो दे ही देता। छूटते ही दो मोरचों को एक साथ सँभालने की दिक्कत तो पेश न आती। कुछ भी हो, मुझे उसे अपने घर नहीं लाना चाहिए था। लेकिन अब यह समझदारी बेकार थी। माला और वह एक-दूसरे को यूँ घूर रहे थे जैसे दो पुराने और जानी दुश्मन हों। एक क्षण के लिए मैं यह सोचकर आश्वस्त हुआ था कि माला सारी स्थिति खुद सँभाल लेगी। और फिर दूसरे ही क्षण मैं माला की लानत-मलामत की कल्पना कर सहम गया था। बात को मजाक में घोल देने की कोशिश में मैंने एक खास गिलगिले लहजे में—जो मेरे पास ऐसे नाजुक मौकों के लिए सुरक्षित रहता है—कहा था, डार्लिंग ! जरा रास्ता तो छोड़ो, कि हम बहुत लम्बी सैर से लौटे हैं ; जरा बैठ जायें तो जो सजा जी में आये, दे देना।

वह रास्ते से तो हट गयी थी, लेकिन उसके तनाव में कोई कमी नहीं हुई थी और न ही उसने मुझे बैठने दिया था। साथ ही उस मुरदार ने मेरी तरफ यूँ देखा था जैसे कह रहा हो—तो तुम वाकई इस औरत के गुलाम बनकर रह गये हो ? और खुद मैं उन दोनों की तरफ यूँ देख रहा था जैसे एक की नजर बचाकर दूसरे से कोई साजिशी सम्बन्ध पैदा कर लेने की ख्वाहिश हो।

फिर माला ने मौका पाते ही मुझे अलग ले जाकर डाँटना-डपटना शुरू कर दिया था—मैं पूछती हूँ कि यह तुम किस आवारागर्द को पकड़कर साथ ले आये हो ! जरूर कोई तुम्हारा पुराना दोस्त होगा ? है ना ? इत्ते बरस शादी के हो चले, लेकिन तुम अभी तक वैसे के वैसे ही रहे। मेरे बच्चे उसे देखकर क्या कहेंगे ? पड़ोसी क्या सोचेंगे ? अब कुछ बोलोगे भी ?

मैं हैरान था कि क्या बोलूँ ! माला के सामने मैं बोलता कम हूँ, ज्यादा समय तोलने में ही बीत जाता है, और उसका मिजाज और बिगड़ जाता है। वैसे उसका गुस्सा बजा था। उसका गुस्सा हमेशा बजा होता है। हमारी कामयाब शादी की बुनियाद भी इसी पर कायम है—उसकी हर बात, हमेशा सही होती है और मैं अपनी हर गलती को चुपचाप और फौरन कबूल कर लेता हूँ। ऊपर से वह कुछ भी क्यों न कहे, उसे मेरी फरमाबरदारी पर पूरा भरोसा है। बीच-बीच में महज मुझे खुश कर देने के खयाल से वह इस किस्म की शिकायतें जरूर कर दिया करती है—तुम्हें न जाने हर मामूली से मामूली बात पर मेरे खिलाफ डट जाने में क्या मजा आता है ? मानती हूँ कि तुम मुझसे कहीं ज्यादा

समझदार हो; लेकिन कभी-कभी मेरी बात रखने के लिए ही सही···वगैरा-वगैरा।

मुझे उसके ये झूठे उलाहने पसन्द हैं, गो मैं उनसे ज्यादा देर तक खुश नहीं रह पाता। फिर भी वह समझती है कि इनसे मेरा भ्रम बना रहेगा और मैं जानता हूँ कि बागडोर उसी के हाथ में रहती है। और यह ठीक ही है !

तो माला दाँत पीसकर कह रही थी—अब कुछ बोलोगे भी ? मेरे बच्चे पार्क से लौटकर इस मनहूस आदमी को बैठक में बैठा देखेंगे तो क्या कहेंगे ? उन पर क्या असर होगा ? उफ, इतना गन्दा आदमी ! सारा घर महक रहा है। बताओ न, मैं अपने बच्चों से क्या कहूँगी ?

अब जाहिर है कि मैं माला को कुछ भी नहीं बता सकता था। सो मैं सर झुकाये खड़ा रहा और वह मुँह उठाये बहुत देर तक बरसती रही।

वैसे यहाँ यह साफ कर दूँ कि वे बच्चे माला अपने साथ नहीं लायी थी। वे मेरे भी उतने ही हैं जितने कि उसके, लेकिन ऐसे मौकों पर वह हमेशा 'मेरे बच्चे' कहकर मुझसे उन्हें यों अलग कर लिया करती है, जैसे कोई कीचड़ में से लाल निकाल रहा हो। कभी-कभी मुझे इस बात पर बहुत दुःख भी होता है लेकिन फिर ठण्डे दिल से सोचने पर महसूस होता है कि शारीरिक सचाई कुछ भी हो रूहानी तौर पर हमारे सभी बच्चे माला के ही हैं। उनके रंग-ढंग में मेरा हिस्सा बहुत कम है। और यह ठीक ही है क्योंकि अगर वे मुझपर जाते तो उन्हें भी मेरी तरह सीधा होने में न जाने कितनी देर लग जाती। मैं खुश हूँ कि उनका भविष्य खूब रौशन है और उस रौशनी में मेरा हाथ बस इतना ही है कि मैं उनका कानूनी और शायद जिस्मानी बाप हूँ, उनके लिए पैसे कमाता हूँ, और दिलोजान से उनकी माँ की सेवा में दिन-रात जुटा रहता हूँ।

खैर ! कुछ देर यों ही सर नीचा किये खड़े रहने के बाद आखिर मैंने निहायत आजिजाना आवाज में कहना शुरू किया था—अरे भई, मैं तो उस कमबख्त को ठीक तरह से पहचानता भी नहीं ; उससे दोस्ती का तो सवाल ही पैदा नहीं होता। अब अगर रास्ते में कोई आदमी मिल जाए, तो···।

न जाने मेरे फिकरे का अन्त क्योंकर होता। शायद होता भी कि नहीं लेकिन माला ने बीच में ही पाँव पटककर कह दिया—झूठ, सरासर झूठ !

यह कहकर वह अन्दर चली गयी ; और मैं कुछ देर तक और वहीं सर नीचा किये खड़ा रहने के बाद वापस उस कमरे में लौट आया, जहाँ बैठा वह

बीड़ी पी रहा था और मुस्करा रहा था ; जैसे सब जानता हो कि मैं किस मरहले में से गुजर कर आ रहा हूँ।

अब हुआ दरअसल यह था कि उस शाम माला से कुछ दूर अकेला घूम आने की इजाजत माँगकर मैं यूँ ही बिना मतलब घर से बाहर निकल गया था। आमतौर पर वह ऐसी इजाजतें आसानी से नहीं देती, और न ही मैं माँगने की हिम्मत कर पाता हूँ। बिना मतलब घूमना उसे बहुत बुरा लगता है। कहीं भी जाना हो, किसी से भी मिलना हो, कुछ भी करना या न करना हो, मतलब का साफ और सही फैसला वह पहले से ही कर लेती है। ठीक ही करती है। मैं उसकी समझदारी की दाद देता हूँ। वैसे घर से दूर अकेला मैं किसी मतलब से भी नहीं जा पाता। माला की सोहबत की कुछ ऐसी आदत-सी पड़ गयी है कि उसके बगैर सब सूना-सूना-सा लगता है। जब वह साथ रहती है तो किसी किस्म का कोई ऊल-जलूल विचार मन में उठ ही नहीं पाता ; हर चीज ठोस और बामतलब दिखायी देती है। अन्दर की हालत ऐसी रहती है जैसे माला के हाथों सजाया हुआ कोई कमरा हो, जिसमें हर चीज करीने से पड़ी हो, बेकायदगी की कोई गुंजायश न हो। और जब वह साथ नहीं होती, तो वही होता है जो उस शाम हुआ या फिर उसी किस्म का कोई और हादसा ; क्योंकि उससे पहले वैसी बात कभी नहीं हुई थी।

तो उस शाम न जाने किस धुन में मैं घर से बहुत दूर निकल गया था। आमतौर पर घर से दूर रहने पर भी मैं घर के ही बारे में सोचता रहता हूँ ; इसलिए नहीं कि घर में किसी किस्म की कोई परेशानी है। गाड़ी न सिर्फ चल रही है बल्कि खूब चल रही है। बागडोर जब माला जैसी औरत के हाथ हो तो चलेगी नहीं तो और करेगी भी क्या ? नहीं, घर में कोई परेशानी नहीं—अच्छी तनखाह, अच्छी बीवी, अच्छे बच्चे, अच्छे बा-रसूख दोस्त, उनकी बीवियाँ भी खूब हट्टी-कट्टी और अच्छी, अच्छी सरकारी कोठी, अच्छा खुशनुमा लॉन, पास-पड़ोस भी अच्छा, महँगाई के बावजूद दोनों वक्त अच्छा खाना, अच्छा बिस्तर और अच्छी बिस्तरी जिन्दगी। मैं पूछता हूँ, इस सबके अलावा और चाहिए भी क्या, एक अच्छे इनसान को ? फिर भी अकेला होने पर घरेलू मामलों को बार-बार उलट-पलटकर देखने से वैसा ही इत्मीनान मिलता है जैसा किसी भी सेहतमन्द आदमी को बार-बार आईने में अपनी सूरत देखकर

मिलता होगा। मेरा मतलब है कि वक्त अच्छी तरह से कट जाता है, ऊब नहीं होती। यह भी माला के ही सुप्रभाव का फल है: नहीं तो एक जमाना था कि मैं हरदम ऊब का शिकार रहा करता था।

हो सकता है कि उस शाम दिमाग कुछ देर के लिए उसी गुजरे हुए जमाने की ओर भटक गया हो। कुछ भी हो, मैं घर से बहुत दूर निकल गया था, और फिर अचानक वह मेरे सामने नमूदार हो उठा था। पहले तो यही लगा जैसे मुझे अकेला देखकर घात में बैठे हुए किसी खतरनाक अजनबी ने ही रास्ता रोक लेना चाहा हो। मैं ठिठककर रुक गया था। उसकी सुती हुई आँखों से फिसलकर मेरी निगाह उसकी मुस्कराहट पर जा टिकी थी, जहाँ अब मुझे उसके साथ बिताये हुए उस सारे गर्दआलूद जमाने की एक टिमटिमाती हुई-सी झलक दिखायी दे रही थी। महसूस हुआ था जैसे बरसों तक रूपोश रहने के बाद फिर मुझे पकड़कर किसी के सामने पेश कर दिया गया हो। मेरा सर इस पेशी के खयाल से दबकर झुक गया था।

कुछ या शायद कितनी ही देर तक हम सड़क के उस नंगे और आवारा अँधेरे में एक-दूसरे के रूबरू खड़े रहे थे। अगर कोई तीसरा उस समय देख रहा होता तो शायद समझता कि हम किसी लाश के सिरहाने खड़े कोई प्रार्थना कर रहे हैं या एक-दूसरे पर झपट पड़ने से पहले किसी मंत्र का जाप !

वैसे यह सच है कि उसे पहचानते ही मैंने माला को याद करना शुरू कर दिया था। हर संकट में मैं हमेशा उसी का नाम लेता हूँ। साथ ही वहाँ से दुम दबाकर भाग उठने की ख्वाहिश भी मन में उठती रही थी। एक उड़ती हुई-सी तमन्ना यह भी हुई थी कि घर लौट जाने के बजाय चुपचाप उस कमबख्त के साथ हो लूँ ; जहाँ वह ले जाना चाहे चला जाऊँ, और माला को खबर तक न हो। इस विचार पर तब भी मैं बहुत चौंका था, और अभी तक हैरान हूँ ; क्योंकि आखिर उसी से पीछा छुड़ाने के लिए तो मैंने माला की गोद में पनाह ली थी। अगर आज से कुछ बरस पहले मैंने उसके खिलाफ बगावत न की होती तो··· । लेकिन उस भागने को बगावत का नाम देकर मैं अपने-आपको धोखा दे रहा हूँ, मैंने सोचा था और मेरा मुँह शर्म की आग में जल उठा था। मेरा मुँह अक्सर इस आग में जलता रहता है।

उस हरामजादे ने जरूर मेरी सारी परेशानी को भाँप लिया होगा। उससे मेरी कोई कमजोरी छिपी नहीं, और उससे भागकर माला की गोद में पनाह

लेने की एक बड़ी वजह यही थी। उसकी हँसी में मुझे सूखे पत्तों की हैबतनाक खड़खड़ाहट सुनायी दे रही थी, और उस खड़खड़ाहट में, उसके साये में गुजरे हुए जमाने की बेशुमार बातें आपस में टकरा रही थीं। बड़ी मुश्किल से आँख उठाकर उसकी ओर देखा था। उसका हाथ मेरी तरफ बढ़ा हुआ था। मैं बिदककर दो कदम पीछे हट गया था और उसकी हँसी और ऊँची हो गयी थी। कसे हुए दाँतों से मैंने उसकी आँखों का सामना किया था। अपना हाथ उसके खुरदरे हाथ में देते हुए और उसकी साँसों की बदबूदार हरारत अपने चेहरे पर झेलते हुए मैंने महसूस किया था, जैसे इतनी मुद्दत आजाद रह लेने के बाद फिर अपने-आपको उसके हवाले कर दिया हो। अजीब बात है, इस एहसास से जितनी तकलीफ मुझे होनी चाहिए थी, उतनी हुई नहीं थी। शायद हर भगोड़ा मुजरिम दिल से यही चाहता है कि कोई उसे पकड़ ले। लेकिन यह कौन नहीं जानता !

घर पहुँचने तक कोई बात नहीं हुई थी। अपनी-अपनी खामोशी में लिपटे हुए हम धीमे-धीमे चल रहे थे, जैसे कन्धों पर कोई लाश उठाये हुए हों।

सो, जब माला की डाँट-डपट सुन लेने के बाद, मुँह बनाये, मैं बैठक में लौटा, तो वह बदजात मजे में बैठा बीड़ी पी रहा था। एक क्षण के लिए भ्रम हुआ, जैसे वह कमरा उसी का हो। फिर कुछ सँभलकर, उससे नजर मिलाये बगैर, मैंने कमरे की सारी खिड़कियाँ खोल दीं, पंखे को और तेज कर दिया, एक झुँझलाई हुई ठोकर से उसके जूतों को सोफे के नीचे धकेल दिया, रेडियो चलाना ही चाहता था कि उसकी फटी हुई-सी हँसी सुनायी दी, और मैं बेबस हो उससे दूर हटकर चुपचाप बैठ गया।

जी में आया कि हाथ बाँधकर उसके सामने खड़ा हो जाऊँ, सारी हकीकत सुनाकर कह दूँ—देखो दोस्त, अब मेरे हाल पर रहम करो, और माला के आने से पहले, चुपचाप यहाँ से चले जाओ, वरना नतीजा बहुत बुरा होगा !

लेकिन मैंने कुछ कहा नहीं। कहा भी होता तो सिवाय एक और जहरीली हँसी के उसने मेरी अपील का कोई जवाब न दिया होता। वह बहुत जालिम है। हर बात की तह तक पहुँचने का कायल, भावुकता का दुश्मन।

उसे कमरे का जायजा लेते देख मैंने दबी निगाह से उसकी ओर देखना शुरू कर दिया। टाँगें समेटे वह सोफे पर बैठा हुआ एक जानवर-सा दिखायी दिया। उसकी हालत बहुत खस्ता थी। लेकिन उसकी शक्ल अब भी मुझसे कुछ-कुछ

मिलती है। इस विचार से मुझे कोफ्त भी हुई, और एक अजीब किस्म की खुशी भी। एक जमाना था, जब वही एकमात्र मेरा आदर्श हुआ करता था ; जब हम दोनों घंटों एक-साथ घूमा करते थे ; जब हमने बार-बार कई नौकरियों से एक साथ इस्तीफे दिये थे ; कुछ एक से एक-साथ निकाले भी गये थे ; जब हम अपने-आपको उन तमाम लोगों से बेहतर और ऊँचा समझते थे जो पिटी-पिटाई लकीरों पर चलते हुए अपनी सारी जिन्दगी एक बदनुमा और रिवायती घरौंदे की तामीर में बरबाद कर देते हैं और जिनके दिमाग हमेशा उस घरौंदे की चहारदीवारी में कैद रहते हैं ; जिनके दिल सिर्फ अपने बच्चों की किलकारियों पर ही झूमते हैं ; जिनकी बेवकूफ बीवियाँ दिन-रात उन्हें तिगनी का नाच नचाती हैं, और जिन्हें अपनी सफेदपोशी के अलावा और किसी बात का कोई गम नहीं होता। कुछ देर मैं उस जमाने की याद में डूबा रहा। महसूस हुआ जैसे वह फिर उसी दुनिया से एक पैगाम लाया हो, फिर मुझे उन्हीं रोमानी वीरानों में भटका देने की कोशिश करना चाहता हो, जिनसे भागकर मैंने अपने लिए एक फूलों की सेज सँवार ली है, जिस पर माला करीब हर रात मुझसे मेरी फरमाबरदारी का सबूत तलब किया करती है, और जहाँ मैं बहुत सुखी हूँ।

वह यूँ मुस्करा रहा था जैसे उसने मेरे अन्दर झाँक लिया हो। उसे इस तरह आसानी से अपने ऊपर काबिज होते देख मैंने बात बदलने के लिए कहा--कितने रोज यहाँ ठहरोगे ?

उसकी हँसी से एक बार फिर हमारे घर की सजी-सँवरी फिजा दहल गयी, और मुझे खतरा हुआ कि माला उसी दम वहाँ पहुँचकर उसका मुँह नोच लेगी। लेकिन यह खतरा इस बात का गवाह है कि इतने बरसों की दासता के बावजूद मैं अभी तक माला को पहचान नहीं पाया। थोड़ी ही देर में वह एक खूबसूरत साड़ी पहने, मुस्कराती-इठलाती हुई हमारे सामने आ खड़ी हुई। हाथ जोड़कर बड़े दिल-फरेब अन्दाज में नमस्कार करती हुई बोली--आप बहुत थके हुए दिखायी देते हैं। मैंने गरम पानी रखवा दिया है, आप 'वाश' कर लें और कुछ पीकर ताजादम हो जाएँ, खाना तो हम देर से ही खाएँगे।

मैं बहुत खुश हुआ। अब मामला माला ने अपने कुशल हाथों में ले लिया था। मन हुआ कि उठकर माला को चूम लूँ। मैंने कनखियों से उस हरामजादे की तरफ देखा। वह वाकई सहमा हुआ-सा दिखायी दिया। मैंने सोचा, अब

अगर वह खुद-ब-खुद ही न भाग उठा तो मैं समझूँगा कि माला की सारी समझ-सीख और रंग-रूप बेकार है। कितना लुत्फ आये, अगर वह कमबख्त भी भाग खड़ा होने के बजाय माला के जाल में फँस जाये, और फिर मैं उससे पूछूँ—अब बता साले, अब बात समझ में आयी ? मैंने आँखें बन्द कर लीं और उसे माला के इर्द-गिर्द नाचते हुए, उस पर फिदा होते हुए, उसके साथ लेटे हुए देखा। एक अजीब राहत का एहसास हुआ। आँखें खोलीं तो वह गुसलखाने में जा चुका था और माला झुकी सोफे को ठीक कर रही थी। मैंने उसकी आँखों में आँखें डालकर मुस्कुराने की कोशिश की, लेकिन फिर उसकी तनी हुई सूरत से घबराकर नजरें झुका लीं। जाहिर था कि उसने अभी मुझे माफ नहीं किया था।

नहाकर वह बाहर निकला तो उसने मेरे कपड़े पहने हुए थे। इस बीच माला बीयर निकाल लायी थी और उसका गिलास भरते हुए पूछ रही थी—आप खाने में मिर्च कम लेते हैं या ज्यादा ? मैंने बहुत मुश्किल से हँसी पर काबू किया—उस साले को खाना ही कब मिलता होगा, मैं सोच रहा था, और माला की होशियारी पर खुश हो रहा था।

कुछ देर हम बैठे पीते रहे। माला उससे घुल-मिलकर बातें करती रही, उससे छोटे-छोटे सवाल पूछती रही—आपको यह शहर कैसा लगा ? बीयर ठंडी तो है न ? आप अपना सामान कहाँ छोड़ आये ?—और वह बगलें झाँकता रहा। माला की मीठी बातों से यूँ लग रहा था जैसे हमारे अपने ही हलके का कोई बेतकल्लुफ दोस्त कुछ दिनों के लिए हमारे पास आ ठहरा हो, और उसकी बड़ी-सी गाड़ी हमारे दरवाजे के सामने खड़ी हो।

मैं बहुत खुश हुआ और जब माला खाना लगवाने के लिए बाहर गयी तो उस शाम पहली बार मैंने बेधड़क उस कमीने की तरफ देखा। वह तीन-चार गिलास बीयर के पी चुका था, और उसके चेहरे की जर्दी कुछ कम हो चुकी थी। लेकिन उसकी मुस्कराहट में माला के बाहर जाते ही फिर वही जहर और चैलेंज आ गया था ; और मुझे महसूस हुआ जैसे वह कह रहा हो—बीवी तुम्हारी मुझे पसन्द है, लेकिन बेटे, उसे खबरदार कर दो ; मैं इतना पिलपिला नहीं जितना वह समझती है।

एक क्षण के लिए फिर मेरा जोश कुछ ढीला पड़ गया। लगा, जैसे बात इतनी आसानी से सुलझने वाली नहीं। याद आया कि खूबसूरत और शोख

औरतें उस जमाने में भी उसे बहुत पसन्द थीं ; लेकिन उनका जादू ज्यादा देर तक नहीं चलता था। फिर भी मैंने सोचा, बात अब मेरे हाथ से निकल गयी है, और सिवाय इन्तजार के मैं कुछ नहीं कर सकता।

खाना उस रोज बहुत उम्दा बना था और खाने के बाद माला खुद उसे उसके कमरे तक छोड़ने गयी थी। लेकिन उस रात मेरे साथ माला ने कोई बात नहीं की। मैंने कई मजाक किये, कहा—नहा-धोकर वह काफी अच्छा लग रहा था, क्यों ? बहुत छेड़-छाड़ की, कई कोशिशें कीं कि सुलहनामा हो जाये, लेकिन उसने मुझे अपने पास फटकने नहीं दिया। नींद उस रात मुझे नहीं आयी, फिर भी अन्दर से मुझे इत्मीनान था कि किसी तरह माला दूसरे रोज उसे भगा देने में जरूर कामयाब हो जाएगी।

लेकिन मेरा अन्दाजा गलत निकला। माना कि माला बहुत चालाक है, बहुत चुस्त है, बहुत मनमोहिनी है, लेकिन उस हरामजादे की ढिठाई का भी कोई मुकाबला नहीं। तीन दिन तक माला उसकी खातिर-तवाजो करती रही। मेरे कपड़ों में वह बिल्कुल मुझ जैसा हो गया था। यूँ नजर आता था जैसे माला के दो पति हों। मैं तो सुबह-सवेरे गाड़ी लेकर दफ्तर को निकल जाता था, पीछे उन दोनों में न जाने क्या बातें होती थीं। लेकिन जब कभी मौका मिलता, वह मुझे अन्दर जाकर डाँटने लगती—अब यह मुरदार यहाँ से निकलेगा भी कि नहीं ? जब तक यह घर में है, हम किसी को न बुला सकते हैं, न किसी के यहाँ जा सकते हैं। मेरे बच्चे कहते हैं कि इसे बात करने तक की तमीज नहीं। आखिर यह चाहता क्या है ?

मैं उसे क्या बताता कि वह क्या चाहता है। कभी कहता—थोड़ा सब्र और करो, अब जाने की सोच ही रहा होगा। कभी कहता—क्या बताऊँ, मैं तो खुद शर्मिन्दा हूँ। कभी कहता—तुमने खुद ही तो उसे सर पर चढ़ा लिया है। अगर तुम्हारा बरताव रूखा होता तो··· ।

माला ने अपना बरताव तो नहीं बदला, लेकिन चौथे रोज अपने बच्चों समेत घर छोड़कर अपने भाई के यहाँ चली गयी। मैंने बहुतेरा रोका, लेकिन वह नहीं मानी। उस रोज वह कमबख्त बहुत हँसा था, जोर-जोर से, बार-बार।

आज माला को गये पाँच रोज हो गये हैं। मैंने दफ्तर जाना छोड़ दिया है। वह फिर अपने असली रंग में आ गया है। मेरे कपड़े उतारकर उसने फिर अपना

वह मैला-सा कुर्ता-पायजामा पहन लिया है। कहता कुछ नहीं, लेकिन मैं जानता हूँ कि वह क्या कहना चाहता है—यह मौका फिर हाथ नहीं आयेगा। वह चली गयी है। बेहतर यही है कि उसके लौटने से पहले तुम भी यहाँ से भाग चलो। उसकी चिंता मत करो ; वह अपना इन्तजाम खुद कर लेगी।

और आज आखिर मैं उसे थोड़ी देर के लिए बेहोश कर देने में कामयाब हो गया हूँ। अब मेरे सामने दो ही रास्ते हैं। एक यह कि उसे होश आने से पहले मैं उसे जान से मार डालूँ और दूसरा यह कि अपना जरूरी सामान बाँधकर तैयार हो जाऊँ, और ज्यूँ ही उसे होश आये, हम दोनों फिर उसी रास्ते पर चल दें, जिससे भागकर कुछ बरस पहले मैंने माला की गोद में पनाह ली थी। अगर माला इस समय यहाँ होती तो कोई तीसरा रास्ता भी निकाल लेती। लेकिन वह नहीं है, और मैं नहीं जानता कि मैं क्या करूँ !

# मेरा क्या होगा

नींद अचानक उखड़ गयी है। आजकल अक्सर यही होता है। वैसे आज मैं अशान्त नहीं। साधना सो रही है। आज इतवार है, देर तक सोयेगी। रात अभी बाकी है। मैं भी बिखरते हुए सपनों को समेटता-समेटता फिर सो जाऊँगा। साधना के बदन में हरारत की लहरें उठ रही हैं। बीती रात की उसकी किलकारियों को याद कर मैं मस्त हो जाता हूँ और उसके सीने को सहलाने लगता हूँ। वह नींद में कुनमुनाती है। यह रात बार-बार याद आया करेगी। अगर मैं रुका नहीं तो साधना फिर तैयार हो जायेगी। मैं रुक जाता हूँ। उसकी नाक अब मेरी बगल में खुभी हुई है। मैं अपनी टाँगों में उलझी हुई उसकी लम्बी, नंगी टाँगों को खूब कसकर दबाते हुए महसूस करता हूँ, हम दोनों पर दूसरी जवानी उतर रही है। साधना का हाथ सोया-सोया-सा मेरे जिस्म के जंगल में भटक रहा है ; मेरी आँखें बन्द हुई जा रही हैं ; और तभी मुझे सुनाई दे जाता है--मेरा क्या होगा !

मुझे मालूम होना चाहिए था। यों तो वह करीब-करीब हर सुबह का सामना इसी जानलेवा सवाल से करता है ; लेकिन जब कभी मैं उसके वजूद को भूल जाने की हद तक खुश या बेखबर हो जाता हूँ, तो वह अपनी अवसाद-आलूद आवाज से मेरा तिलिस्म तोड़ डालता है। मैं फिर नीचे उतर आता हूँ। साधना के जिस्म से अपने जिस्म को अलग करते हुए सोचता हूँ कि अगर वह भी जाग उठी तो इस रात की सारी कैफियत किरकिरी हो जाएगी। एक हाथ से उसके बालों को सहलाता हूँ और दूसरे से उसकी टाँगों को परे हटाता हूँ। मेरी बगल के बालों में छिपी उसकी नाक किसी बच्चे के ठंडे अंगूठे-सी महसूस होती है।

वह हरामी हमारी तरफ पीठ किये बिस्तर के पास यों खड़ा है जैसे कोई थका-माँदा पहरेदार हो। पीछे से देखने पर हमेशा वह मुझे बहुत बेचारा जान पड़ा है। हाथ बढ़ाकर उसे वापस बिस्तर में घसीटने की कोशिश करता हूँ। वह मेरा हाथ झटककर खिड़की के पास जा खड़ा होता है और पर्दा हटाकर बाहर झाँकने लगता है। बाहर बेचैन चाँदनी है और पतझड़ के पहले के पागल रंगों की बहार है, जिसे देख अक्सर आजकल मेरा गला भर आता है। यहाँ आने से पहले पतझड़ का यह रुला देने वाला रूप कहीं और नहीं देखा था। इन रंगों की उम्र बहुत कम होती है। आज अगर धूप निखरी तो कहीं जाएँगे, साधना के किसी मनपसन्द मुकाम पर ; शायद वहीं जहाँ एक बार मैंने उसे खुले आसमान के नीचे नंगी घास पर नंगा कर लिया था और वह सारे समय आँखें बन्द किये पुकारती रही थी—ऊपर से कोई आ गया तो !—मैं फिर बिफर रहा हूँ। आज उसे वह दिन फिर याद दिलाऊँगा। वह पत्ते चुनेगी, हर साल चुनती है। मैं उसके चुने हुए पत्तों में से कुछ चुराकर अपनी कुछ पुरानी प्रेमिकाओं को भेज देता हूँ। साधना कई बातों में बहुत सीधी है या शायद सब कुछ जानते हुए भी अनजान बनी रहती है। जो हो, अब हम इन बातों पर आपस में झगड़ते नहीं। मैं मुड़कर उसे आँखों पर चूम लेता हूँ। अब मैंने भावुकता से भागना बन्द कर दिया है, अपनी और दूसरों की कमजोरियों को मंजूर करना शुरू कर दिया है। साधना आजकल अक्सर कहा करती है कि मैं बहुत बदल रहा हूँ। उसे ये तब्दीलियाँ पसन्द हैं। अब मैं किसी-किसी रोज बात-बात पर भीग जाता हूँ और झेंप महसूस नहीं होती, न ही यह महसूस होता है कि लिजलिजा हुआ जा रहा हूँ। वैसे कभी-कभी यह शक जरूर परेशान कर जाता है कि कहीं यह नयी नर्मी बढ़ते चले आ रहे बुढ़ापे की ही अलामत तो नहीं लेकिन इस खयाल से भी अब वैसी वहशत नहीं होती जो पहले कभी हुआ करती थी ; और इस रात का-सा जोश अगर बाकी है तो बुढ़ापे से बिदकने की जरूरत अभी नहीं। साधना को मेरी यह नयी पुख्तगी बहुत पसन्द है। खुद मुझे अब वह अपना पुराना और 'खरा' खुरदरापन काफी कच्चा महसूस होता है। बरसों जिस जुस्तजू में बेचैन रहा अब उसकी तह में अपने आपको दूसरों से ऊपर और अलग उठा हुआ देखने की हवस के सिवा और कुछ दिखायी नहीं देता। अब ख्वाहिश यह रहती है कि ठोस और ठहरी हुई जमीन की पकड़ पैरों में हरदम महसूस होती रहे। अपने और साधना के खिलाफ वे पुरानी शिकायतें अब

धीरे-धीरे शान्त होती जा रही हैं। उसकी और अपनी कदरों का वह पुराना और परेशानकुन आपसी फर्क अब मिटता-सा जा रहा है। अब हरएक से रिआयत और रवादरी बरतने की कोशिश करता हूँ। साधना मजाक उड़ाती है कि मैं सन्त हुआ जा रहा हूँ। मैं सुनकर मुसकरा देता हूँ। महसूस अब यही होता रहता है कि जो है सो है ; और मैं साधना से लिपटकर सो जाने की सोच ही रहा होता हूँ कि उसकी सदा आती है—मेरा क्या होगा !

अब इसे मैं अपनी इस नयी मजबूती का ही एक सबूत मानता हूँ कि इधर अक्सर अपने इस हरीफ या हमराही—न जाने कौन सा खिताब इसके लिए ज्यादा मुनासिब है—की हाय-हाय पर झुँझलाहट कम और दया ज्यादा आती है। हालाँकि कमजोर लमहों में अब भी अफसोस हो आता है कि एक उम्र मैंने इस बनावटी बीमार की तीमारदारी में तबाह कर दी और इसकी 'रूँ-रूँ' में इजाफा ही होता चला गया। लेकिन अब शहादत के इस खट्टे-मीठे मूड को मैं अपने ऊपर हावी नहीं होने देता। शायद अधेड़पन तक पहुँचते-पहुँचते इस उल्लू की आहोजारियों की पकड़ में पिलपिलापन आ गया है या शायद मैंने ही किसी तरह इसकी कराहों से एक अन्दरूनी अलहदगी का रुख इख्तियार कर लिया है, कह नहीं सकता, क्योंकि कोशिश अब भी यही रहती है कि अपनी इस मजबूती की आजमाइश न हो ; यानी अभी तक यह अन्देशा दूर नहीं हुआ कि मौका मिलते ही वह मुझे मेरे इस दुर्ग से बाहर घसीट फिर पछाड़ डालेगा। इसीलिए उससे रू-ब-रू हुए एक अरसा हो गया है। इधर कई दिनों से वह दूसरे कमरे में हम दोनों से अलग अकेला सो रहा है। साधना ने शुरू-शुरू में इस इन्तजाम की मुखालिफत की थी, कहा था कि उसे यानी साधना को अब हम दोनों के दरमियान लेट सोने की लत-सी पड़ गयी है ; और फिर मुझे कुछ खिंचा हुआ देख उसने बात को बदलते हुए कहा था कि वह नहीं चाहती कि उस बेचारे को रात-भर अलग कमरे में कुछ भी कर गुजरने के लिए अकेला छोड़ दिया जाये। उसे आजकल यही चिन्ता लगी रहती है कि अगर हमारी निगाह उस पर न रही तो वह किसी दिन खुदकुशी कर लेगा। मैं साधना को कई बार समझा चुका हूँ कि वह साला उसूलन खुदकुशी के खिलाफ है, लेकिन उसे यकीन नहीं आता। मुझे उस हरामजादे के बारे में साधना के इस नये रवैये पर हँसी भी आती है और हैरानी भी। एक जमाना हुआ करता था कि वह उसे बरदाश्त तक नहीं कर सकती थी ; और अब उसे अपने साथ सुलाने के बहाने

बनाती रहती है, जैसे कि आज रात। मैं यह सोचकर कुछ सिकुड़ जाता हूँ कि साधना ने उसे उकसाने के लिए ही आज इतनी उछलकूद मचा दी थी ; शायद साधना के शोरगुल से ही उसकी नींद उचट गयी हो। मैं खिड़की के पास खड़े उस नामुराद को देखता हूँ और अपने-आपको समझता हूँ कि मुझे अपनी कामयाबी पर खुश होना चाहिए कि आखिर मेरी ही लगातार वकालत से उसके बारे में साधना की बेरुखी अब इस हद तक दूर हो चुकी है कि मुझे उसकी वफादारी पर भी शक होने लगा है। मैं चुपके से मुस्कुरा देता हूँ। जी चाहता है कि साधना पर फिर झपट पड़ूँ। साधना चौंककर चीख उठे, उस साले की समाधि टूट जाये। वह मुड़कर हमें एक-दूसरे में गडमड हाँफता हुआ देखे। मैं उसे ललकारकर कहूँ, अब अगर हिम्मत है तो तू भी आ जा, लेकिन वह आयेगा नहीं। साधना कई बार कह चुकी है कि इधर वह बहुत सुस्त रहने लगा है। मैं जानता हूँ, लेकिन अब मुझमें इतना दम नहीं रहा कि मैं उससे बेकार बहस करूँ या उसके मनबहलावे का कोई इन्तजाम करूँ। साधना को क्या मालूम कि मैंने इस मरदूद के लिए क्या-क्या नहीं किया है। दरअसल मैं साधना को उसकी सभी बातें बता ही नहीं सकता। अब मेरी असली ख्वाहिश यही है कि वह अपने इलाके में रहे और मुझे मेरे इलाके में अकेला छोड़ दे। इलाकों की अलहदगी वाली बात शायद साधना को अजीब लगती है क्योंकि आज से बहुत पहले जब साधना यही सुझाव दिया करती थी तो मैं सुनते ही उछलने-उबलने लगता था। तब मेरी ख्वाहिश हुआ करती थी कि हम तीनों बिला रोक-टोक पूरी आजादी से एक-दूसरे के इलाकों में दखल देते हुए एक-दूसरे की सोहबत का आनन्द उठा सकें। और अब साधना भी यही चाहने लगी है ; लेकिन अब दरअसल कुछ नहीं हो सकता। वह हम दोनों की पहुँच से परे होता जा रहा है। पहले मुझे इस बात पर दुःख हुआ करता था ; अब मैंने फैसला कर लिया है कि मैं इस नाशुक्रे की खातिर अपनी जिन्दगी में और जहर नहीं घुलने दूँगा। अब मेरी कोशिश यही रहती है कि आहिस्ता-आहिस्ता साधना को फिर उससे दूर ले जाऊँ। लेकिन खबरदारी बहुत जरूरी है ; क्योंकि अगर साधना को पता चल गया तो हो सकता है कि वह उसकी हिमायत में और मेरे खिलाफ डट खड़ी हो हालाँकि मैं जानता हूँ कि ऐसा होगा नहीं। साधना समझदार है, समझौतेबाज है, मौके के मुताबिक बन-बदल सकती है। उसमें और साधना में इतने बुनियादी फर्क हैं कि वह किसी भी सूरत में

ज्यादा देर तक साधना के करीब या काबू में होकर नहीं रह सकता। यानी अगर मैं अभी तक उसे नहीं पा सका तो साधना बेचारी आखिर एक आम और मामूली औरत ही तो है। वैसे मुझे मालूम होना चाहिए कि आम और मामूली औरतें कितनी खतरनाक होती हैं। मुझे मालूम है। मैं कहना सिर्फ यह चाहता हूँ कि दिखावे, या मुझ पर अच्छा असर डालने के लिए साधना कुछ भी क्यों न कहती या करती रहे, अन्दर से वह भी यही चाहती है कि हम दोनों यानी साधना और मैं, उससे अलग और आजाद होकर, अपनी मामूलियत में मस्त होकर रह सकें। बहरहाल, बात दरअसल इतनी सीधी और साफ नहीं। अपने और साधना के बारे में तो शायद मैं जो कुछ सोचता-समझता हूँ, बहुत हद तक ठीक ही हो लेकिन उसके बारे में मेरी सोच-समझ एक नुक्ते के बाद नाकिस बल्कि निकम्मी हो जाती है। मुझे महसूस होने लगता है कि मैं किसी पत्थर को पढ़ने की कोशिश कर रहा हूँ। तब अपनी बेबसी नाकाबिले बरदाश्त हो जाती है। मैं मुबालिगा कर रहा हूँ ; नाकाबिले-बरदाश्त कुछ भी नहीं होता, आम और मामूली इनसानों के लिए ; लेकिन वह भी तो आम और मामूली ही है। आखिर उसने अभी तक ऐसा कौन-सा मारका मार लिया है कि ··और उसकी भद्दी और भारी आवाज फिर इस सुबह के सोने पर एक खराश-सी उभर आती है—मेरा क्या होगा !

आज वह मामूल से ज्यादा मारु सुनाई दे रहा है। वैसे मैं नहीं जानता कि उसका मामूल क्या है ! यह मानते हुए शर्म महसूस होती है। दरअसल मैं उसकी किसी भी खासियत के बारे में किसी आखिरी और आरामदेह नतीजे तक नहीं पहुँच पाया। बेसब्र होकर उसे बीमार या वैरागी या बावरा कह देने की बात दूसरी है। मिसाल के तौर पर अभी-अभी उसकी आवाज सुनकर अचानक बहुत शिद्दत से महसूस हो आया था कि वह शायद मुझे निचले दर्जे की दिलचस्पियों की दलदल से बाहर घसीटने के लिए ही बुनियादी सवालों के बयावान में खड़ा पुकार रहा हो—मेरा क्या होगा !—लेकिन अब सोच रहा हूँ कि साला दरअसल अदाकारी ही करता है। कई बार अकेला होने पर मैं भी उसकी आवाज की नक्ल उतारने की नाकाम कोशिश कर चुका हूँ, लेकिन फिर खयाल आता है कि महज और ओपरी अदाकारी का असर इतना गहरा नहीं हो सकता। फिर सोचता हूँ कैसा असर और कैसी गहराई। एक मुद्दत से इसका यह नारा सुन रहा हूँ, एक मुद्दत से वह इसी तरह मिमिया रहा है।

फिर खयाल आ जाता है कि मैं अपनी मामूलियत की हिफाजत के लिए ही उसकी ललकार को मिमियाहट का नाम दे रहा हूँ। कभी लगता है कि उसकी पुकार खुदगरजाना है, कभी लगता है कि उसकी पुकार नुमाइशाना है, कभी शक होता है कि वह दिल ही दिल में अपने सवाल की बेहूदगी को पहचानता है और सिर्फ आदत से लाचार होकर ही उगल देता है—मेरा क्या होगा !—उसी तरह जिस तरह कुछ बदहाजमा लोग हर डकार के साथ 'हरिओम्-हरिओम्' बोल जाते हैं। बहरहाल मैं अब पूरा जग चुका हूँ। काश कि मुझे मालूम होता कि वह इस वक्त मेरे बारे में सोच रहा है ; शायद कुछ भी नहीं, यह सोचकर दुःख होता है। शायद वह नहीं जानता कि मैं जाग रहा हूँ। शायद वह मेरे वजूद तक से आगाह न हो, यह सोचकर और दुःख होता है। शायद वह मुझे मेरे मजे की ही सजा दे रहा है। इस सोच पर मुझे हल्की सी हँसी आ जाती है। वह खुद साला संन्यासी नहीं। कई बार साधना के अलावा और कई औरतों के साथ भी हम एक साथ सो चुके हैं। दरअसल वहाँ से दूर इस बेगाने मुल्क में रहते चले आने की एक बड़ी वजह यह भी है कि हमें वे तमाम ममनूह मजे ज्यादा आसानी से मिल जाते हैं, जिनके लिए वहाँ कभी तड़पा करते थे। लेकिन नहीं, आज उसकी आवाज में दिल दहला देने वाली जिद्द और कड़ापन सुनायी दे रहा है। फिर भी मैं उसे वापस बिस्तर में ले आने की एक कोशिश और करके देखना चाहता हूँ। उठकर उसके पास जाता हूँ, उसके कन्धों को बिरादराना बड़प्पन से थपथपाता हूँ। वह चौंकता नहीं। इस पर न जाने क्यों मुझे गुस्सा आता है। उसके सर को सख्ती से पकड़कर अपनी तरफ घुमा लेता हूँ और उसकी आँखों का कोरापन यूँ नजर आता है जैसे मोटे शीशे की एक दीवार-सी मेरे सामने आ खड़ी हो। उसकी इन आँखों से मुझे डर लगता है। अमूमन किसी-किसी शाम को ही जब वह पीते-पीते बहुत दूर निकल जाता है, उसकी आँखें इस हद तक अलग और अन्धी दिखायी देती हैं। मैं सर झुका लेता हूँ। अब मैं उसके सामने यूँ खड़ा हूँ जैसे वह मेरा बाप हो। मुझे अपना नंगा जिस्म एक दम निहत्था दिखाई देता है। काश कि वह भी इसी तरह नंगा और निहत्था होता ! ख्वाहिश होती है कि एक अड़ंगा देकर उसे नीचे गिरा दूँ, उसके कपड़े तार-तार कर डालूँ और उसकी छाती पर चढ़कर चिल्लाऊँ—अब पूछ कि तेरा क्या होगा—लेकिन अगर साधना उठ खड़ी हुई तो वह मुझे ही कोसेगी। मुझे उसपर चढ़ा हुआ देख, वह कुछ और भी सोच सकती है।

दरअसल कई बार मजाक में और एक-दो बार संजीदगी से वह पूछ चुकी है कि कहीं हम दोनों को दूसरी लत तो नहीं ! मैं यह याद कर मुस्कुरा देता हूँ। साधना कई बार इस तरह के सवाल पूछने लगती है कि महसूस होता है जैसे वह हमारी माँ हो। एक बार उसने मुझे साधना के खिलाफ खड़ा कर दिखाने की कोशिश में कहा भी था—तुम तो उसके सामने यूँ सिकुड़ जाते हो जैसे वह तुम्हारी माँ हो—और मैंने जवाब दिया था—अगर तू अपने-आपको इतना तेज और ताकतवर समझता है तो क्यों नहीं खुद साधना का सीधा सामना करता—और उसका जवाब उसने ऐसी मगरूर खामोशी से दिया था कि बात वहीं खत्म हो गयी थी। बहरहाल, इस वक्त मैं साधना के बारे में नहीं सोचना चाहता ; इस वक्त मैं उसी के इशारे का इन्तजार कर रहा हूँ। वैसे एक मद्धिम-सी उम्मीद अभी है कि साधना उठकर हम दोनों को सम्भाल लेगी ; शायद बरगलाकर फिर वापस बिस्तर में ले जाये। औरत की आड़ लेने की अपनी इस कमज़ोरी को मैं कबूल करता हूँ। एक उड़ती-सी ख्वाहिश यह भी है कि वह खुद अचानक अपने खोल से बाहर आ जाये, अपना नकाब उतार दे और कहे—चलो, आज फिर मिलकर साधना पर हमला करें और साली को मसलकर रख दें—लेकिन नहीं, यह जुबान सिर्फ मेरी है। वह इस तरह न सोचता है न बोलता है। मैं आँख उठाकर उसकी तरफ देखता हूँ, उसके कोरे कसाव में कोई कमी आयी दिखायी नहीं देती लेकिन मेरा अपना डर कुछ कम जरूर हो गया है। आज वह मुझे उखाड़ ले जाने पर तुला हुआ है। उसके साथ सुबह की सैर किये बहुत दिन हो गये हैं ; मैं कपड़े पहनकर तैयार हो जाता हूँ।

बाहर अभी उजाला नहीं हुआ। हम जूँ-जूँ घर और आबादी से दूर निकलते जा रहे हैं, मेरा डर फिर बढ़ता जा रहा है। आस-पास और कोई नहीं। यहाँ इतनी सुबह-सवेरे कोई पैदल चलता दिखायी नहीं देता। किसी वाकिफ या दोस्त से इत्तिफाकिया मुलाकात हो जाने का सवाल ही पैदा नहीं होता। मुझे महसूस होता है कि मैं किसी कैदी या पागल को घुमाने बाहर ले आया हूँ। वह सर झुकाये यूँ चल रहा जैसे गूँगा और बहरा हो। उसके होंठ बराबर बुदबुदाये जा रहे हैं। मुझे अपने बचपन की वे तमाम बूढ़ी औरतें याद हो आती हैं जो इधर-उधर रेंगती हुई, राम-राम रटती रहती थीं। बीच-बीच में वह बिलबिला देता है—मेरा क्या होगा—और मुझे महसूस होता है जैसे किसी जानवर ने आस-पास की ठंडी खामोशी को खरोंच डाला हो। मुझे यहीं से

लौट जाना चाहिए, वर्ना वापसी मुश्किल हो जायेगी। हर कदम के साथ मैं एक कुहासे की तरफ बढ़ता जा रहा हूँ। वह मुझे रोकेगा नहीं। शायद वह भी यही चाहता है कि मैं यहीं से लौट जाऊँ, लेकिन यही तो मुसीबत है। मैं पूरे भरोसे से कभी भी यह नहीं कह पाया कि वह क्या चाहता है। यह मानते हुए शर्म भी महसूस होती है। वैसे वह कुछ भी क्यों न चाहता हो, मैं अब वापस नहीं जा सकता। और वह जानता है। जब कभी मैं उसके साथ घर के घेरे से इतनी दूर निकल कर आता हूँ तो अपने-आप वापस जाना मेरे लिए नामुमकिन हो जाता है। यानी जो आज हो रहा है, वह पहले भी कई बार हो चुका है, और आगे भी कई बार होगा—जब तक हम तीनों हैं, और एक साथ हैं। और यह एक और मुसीबत है। इसीलिए मेरी ऊब का कोई इलाज नहीं है। सपनों के सिवा मेरे साथ शायद ही कोई एकदम नया हादसा अभी तक हुआ हो। पहले यह सोचकर बहुत तकलीफ हुआ करती थी, अब अक्सर सिर्फ एक ऊबी हुई हँसी आ जाती है, और बरसों पहले बीसियों बार एक घटिया रिसाले में देखा हुआ वह घटिया इश्तिहार—अभिनव क्या है ?—आँखों के सामने अपना बेहूदा नाच दिखाने लगता है। और यह एक और मुसीबत है। कुछ बार जब आज की तरह सुबह-सवेरे, साधना को सोया छोड़, उसके साथ हो लिया हूँ तो बरसों पुरानी यादें, वहाँ की और साधना की सोहबत से बहुत पहले की यादें, अपनी-अपनी कब्रों से बाहर कूद हमारे आस-पास मँडराने लगती हैं। उस पर उन भूतों का कोई असर नहीं होता, मैं हमेशा उन्हें देख होश खो बैठता हूँ। आज उन यादों को नहीं उठने दूँगा। उसका एक तरीका यही है कि पूरी शिद्दत से इस शहीद के बारे में ही सोचता रहूँ, जिसने अभी-अभी फिर सदा लगायी है—मेरा क्या होगा !

ख्वाहिश होती है कि गधे को गुदगुदा दूँ, लेकिन यह ख्वाहिश बचकाना है। ऐसी हरकतों से अब उसका दिल नहीं बहलता। मैं भी ऐसी बातें अब सिर्फ सोच ही सकता हूँ। लेकिन क्यों मैं हमेशा अपनी हर हरकत को उसी की निगाह से देखने-परखने पर मजबूर हूँ ? 'हमेशा' नहीं ; अब आगे की निस्बत मैं उससे कहीं ज्यादा आजाद हो चुका हूँ, फिर भी शायद उतना नहीं जितना कि वह मुझसे। लेकिन अगर सचमुच वह मुझसे इतना अलग और आजाद होता तो क्यों अभी तक हमारी तमाम आपसी अनबन के बावजूद मेरे साथ नत्थी चला आता ? वह वहीं रुका रह सकता था। उसे इतनी दूर यहाँ चले आने के

लिए मजबूर नहीं किया गया था। लेकिन यह सफाई मैं क्यों पेश कर रहा हूँ? यह मान लेने में मुझे क्यों हिचक होती है कि वह मेरी ही तरह मामूली और उलझा हुआ इनसान है? ऊपर से चाहे वह मुझे मुझसे अलग और ऊपर के दर्जे का क्यों न दिखायी देता रहे। शायद उसे अब मेरी मामूलियत पर उसी तरह रश्क आता हो, जिस तरह कि कभी मुझे उसकी गैरमामूलियत पर आया करता था। लेकिन वह किस लिहाज से गैरमामूली है, या था, या मुझे महसूस होता था? जो हो, सो हो, असली सवाल यह है कि अब अन्दर से मैं उसके बारे में क्या सोचता हूँ। साधना से अलग, अकेला होने पर अब मुझे उस पर रहम आता है या रश्क? अब यानी आजकल, नहीं, इस वक्त! मैं कनखियों से उसकी तरफ देखता हूँ, वह डूबा हुआ-सा चल रहा है, जैसे हो भी, और न भी हो; मुझसे दूर या बेनियाज। मैं गुस्से में आ जाता हूँ। महसूस होता है जैसे किसी ने मेरी आँखों पर पट्टी बाँधकर मुझे किसी भूलभुलैया में धकेल दिया हो। मुझे अपने-आपको काबू में रखना होगा। मैं तेजी से बेजब्त होते हुए शराबी की तरह अपने-आपको समझता हूँ, यहीं रुक जाना चाहिए, नहीं तो नशा हद से बाहर निकल जायेगा। अपने-आपको कायम करने के लिए मैं साधना को याद करता हूँ, उसकी खुशबू को याद करता हूँ, लेकिन कोई असर नहीं होता। कुछ दूर पेड़ों का एक घना झुरमुट है, जैसे रंगीन बादलों का एक बड़ा-सा ठहरा हुआ शोला हो। कुछ ही दिनों में वह आग बुझ जायेगी और रुंड-मुंड पेड़ सरदी में सूखते हुए-से दिखायी दिया करेंगे। अपने अन्दर उबलती हुई धुन्ध को दूर करने की इस बेहूदा कोशिश पर हँसी आ जाती है। सुबह की इस लावारिस खामोशी में अपनी हँसी उल्लू की हूक-सी सुनायी देती है। वह भी जैसे मेरी इस आवाज से चौंक उठा हो; हालाँकि वह मेरी हँसी से बखूबी वाकिफ है। जानता है कि यह हँसी मेरी किस हद के टूट जाने की अलामत है। किसी रोज किसी वीराने में ले जाकर उसे हलाक कर डालने का अपना पुराना इरादा किसी कदीमी मरीज की तरह एक मरियल करवट लेता है। लेकिन मैं जानता हूँ कि उसे मार डालने की बात अब महज एक मुहावरा बनकर बाकी रह गयी है। अगर वहाँ आज से बरसों पहले, जबकि मैं अभी जवान था और बिला सोचे-समझे सिर्फ ख्वाहिश के हिलोरे में आकर कुछ भी कर गुजरने की कुव्वत या ज़ोम अभी बाकी था, अगर वहाँ तब वह मुझसे नहीं मारा जा सका तो यहाँ अब इस उखड़ी हुई उम्र में और इस अजनबी मुल्क में,

जहाँ साधना के सिवा वही एक अपना है और जहाँ हर शाम इतना अकेला हो जाता हूँ कि ख्वाहिश होती है कि राह चलते लोगों के गले लग रोता रहूँ, तो यहाँ अब वह मुझसे कैसे मारा जा सकेगा ! मैं जानता हूँ। तो अब क्या हो ? मैं नहीं जानता, क्या होगा। मैं जानता हूँ, अब वही होगा जो पहले कई बार हो चुका है। मैं उस कमजोर पति-सा हुआ जा रहा हूँ, जिसे उसकी तमाम कोशिशों के बावजूद, उसकी ताकतवर पत्नी ने तैश दिलाकर ऊलजलूल बकने पर मजबूर कर दिया हो।

—अब और आगे नहीं जाऊँगा। जो कहना चाहते हो यहीं कह लो। मैं लौटना चाहता हूँ, साधना के जाग उठने से पहले। सुन रहे हो ?

वह खामोश रहता है।

—बहरे मत बनो ! कई दिनों से तुम्हारी तिलमिलाहट फिर तेज होती जा रही है। मुझे अंधा मत समझो, मैं सब जानता हूँ। सोचा था कि अब तुम सँभल चुके हो। गलत ही सोचा था। तुम मरते दम तक नहीं बदलोगे। न बदलो, लेकिन मेरे इलाके में अब तुम आये दिन दखलअन्दाजी नहीं कर सकते, समझे ?

वह खामोश रहता है।

—साधना के साथ जब तुम्हें सोना हो तो मुझे पहले इत्तला कर दिया करो। मैं वह वक्त दूसरे कमरे में गुजार लिया करूँगा। लेकिन जब मैं उसके साथ सो रहा होऊँ तो तुम्हें कोई हक नहीं कि हमारे सिरहाने खड़े हो जाओ और चिल्लाना शुरू कर दो—मेरा क्या होगा, मेरा क्या होगा ! सुन लिया ?

वह खामोश रहता है।

—वह जमाना गया जब मुझे तुम्हारी सोहबत दिलचस्प महसूस हुआ करती थी। अब सच पूछो तो मैं तुमसे नफरत करने लगा हूँ। साधना अगर न होती तो मैं खुद कहीं और भाग गया होता या मैंने तुम्हें कहीं भगा दिया होता। तुम समझते हो कि ये धमकियाँ मैं सिर्फ तुम्हें धमकाने के लिए दे रहा हूँ ? तुम गलत समझते हो। समझे ?

वह खामोश रहता है।

—वह जमाना भी गया जब मैं साधना के डर से चुप रहा करता था। समझे ?

वह खामोश रहता है।

—आज रात उसकी जिद्द मानकर मैंने तुम्हें अपने बिस्तर में सोने की इजाजत फिर दे दी थी, लेकिन आइन्दा ऐसी गलती नहीं होगी। मैंने सोचा था कि शायद तुम अलग सोते-सोते तंग आ चुके होगे। गलत ही सोचा था। अब कुछ कहोगे भी कि नहीं।

वह खामोश रहता है।

—सोचा था कि यहाँ की आबोहवा का कुछ असर तो तुम पर हुआ ही होगा। गलत सोचा था ?

वह खामोश रहता है।

—तुम वहाँ भी दुखी थे, यहाँ भी दुखी हो। या शायद सिर्फ मुझे दुख पहुँचाने के लिए दुखी होने का बहाना-भर करते हो। लेकिन अब वह जमाना गया जब तुम मुझसे अपनी हर बात मनवा लिया करते थे। अब मैं पक्का हो चुका हूँ। समझे ?

वह खामोश रहता है।

—तुम्हें खुश करने के लिए हम वहाँ से उखड़कर यहाँ आये। अब चाहते हो कि फिर वहीं जा रहें ? आखिर तुम चाहते क्या हो ?

वह खामोश रहता है।

—अगर तुम सचमुच यहाँ इतने अजाब में हो तो साफ-साफ बकते क्यों नहीं ! बोलो !

वह खामोश रहता है।

—अगर वहाँ लौट जाना चाहते हो तो लौट क्यों नहीं जाते ? कौन रोकता है ? लेकिन यह याद रखो कि वहाँ लौटकर भी तुम्हें चैन नहीं मिलेगा। समझे ?

वह खामोश रहता है।

—बहरहाल, अब मैं तो तुम्हारे साथ-साथ घिसटने से रहा। अगर तुम यह समझते हो कि तुम्हें यहाँ तड़पता देख मैं फिर वहाँ लौट जाने के लिए तैयार हो जाऊँगा तो तुम गलत समझते हो ! वह जमाना गया कि··कि··न जाने क्यों मैं अपनी जान हलाक कर रहा हूँ।

वह खामोश रहता है।

—तुम जैसा नाशुक्रा इनसान मैंने आज तक नहीं देखा।

वह खामोश रहता है।

—यह मत समझो कि वहाँ की याद सिर्फ तुम्हें ही सताती है। यह भी मत समझो कि यहाँ की अजनबियत को हम महसूस नहीं करते। साधना को छोड़ भी दो लेकिन साले, मुझे तो जानते हो। जानते हो कि नहीं ?

वह खामोश रहता है।

—आखिर तुम चाहते क्या हो ? सोचा था कि यहाँ आकर आराम से तुम अपना काम करोगे, मैं अपना। सब सहूलतें तुम्हारे पास हैं ! हैं कि नहीं ? फिर पैं-पैं क्यों लगा रखी है ? बोलो !

वह खामोश रहता है।

—दरअसल, तुझे अपने आपको दुःख देने की आदत हो चुकी है। तो साले, हमें तो साथ मत सता ! जब जी चाहे, किसी कोने में अकेला बैठ रो-धो लिया कर। मेरे कमरे में आकर मुझे तंग मत किया कर। मैं तेरा बाप नहीं। न तू मेरा बाप है। समझे ?

वह खामोश रहता है।

—तू आखिर चाहता क्या है ?

वह खामोश रहता है।

—कोई और औरत चाहिए ? तो साफ-साफ क्यों नहीं कहता ? बीवी बदलना चाहता है ? तो बदल ले साले, कौन रोकता है ! यह देख ले कि साधना जैसी सुलझी हुई औरत तुझे नहीं मिलेगी। बोल !

वह खामोश रहता है।

—सुलझी हुई भी और सुन्दर भी। कभी उसे गौर से देखा भी है ? उसके अंग अब भी अंगारों-से दमकते हैं। आज रात अगर तूने भी उसे लिया होता तो··· लेकिन तू क्या जाने, मैं क्या बक रहा हूँ !

वह खामोश रहता है।

—हाँ अगर इधर-उधर झख मारना चाहते हो तो मारो, शौक से मारो, कौन रोकता है ? मैं साथ दूँगा। साले, याद हैं वे दिन जब हम दोनों एक साथ साधना को लिया करते थे ? याद हैं वे दूसरी सब जिनके बारे में साधना कुछ नहीं जानती ? शायद जानती भी हो। तेरा क्या खयाल है ? बोल ! नहीं बोलेगा ? न बोल ! मेरी बला से। वह जमाना गया कि मैं तेरे···कि मैं तेरे···न जाने मैं क्यों अपनी ताकत बरबाद कर रहा हूँ।

वह खामोश रहता है।

—तो फिर करूँ कोई बन्दोबस्त ?

वह खामोश रहता है।

—जवाब तो दे सकते हो ! लेकिन मैं जानता हूँ कि औरतों से भी अब तुझे इत्मीनान नहीं होता। होता, तो तेरी यह हालत न होती। औरतों की कमी तुझे नहीं रही। खास तौर पर यहाँ आने के बाद। क्यों ठीक कह रहा हूँ कि नहीं ?

वह खामोश रहता है।

—दरअसल तू चाहता सिर्फ यही है कि मैं तेरी तरह सुबह-शाम तड़पूँ। यही न ? लेकिन कान खोलकर सुन ले कि अब मैंने मौज उड़ाने का फैसला कर लिया है। तू जलता है तो जलता रह ; अब तुझे खुश करने के लिए या तुझ पर रोब गाँठने के लिए या तेरी किसी दलील वगैरा के चक्कर में पड़ मैं न तड़पूँगा, न कराहूँगा ! समझे ?

वह खामोश रहता है।

—बोलेगा कि बुत बना खड़ा रहेगा ?

वह खामोश रहता है।

—तू आखिर चाहता क्या है ?

वह खामोश रहता है।

—तू आखिर अपने-आपको समझता क्या है ?

वह खामोश रहता है।

—तू अपने-आपको मुझसे बेहतर समझता है ? तो समझता रह ! मैं जो हूँ, सो हूँ। जैसा हूँ, हूँ !

वह खामोश रहता है।

—तू चाहता है कि मैं तुझसे तंग आकर भाग जाऊँ, ताकि तू साधना को अजाब दे सके। लेकिन मैं अब नहीं भागूँगा। काफी भाग लिया। अब जो दिन बाकी हैं, जम कर जीऊँगा। तुझे यह बात पसन्द हो या न हो । समझे !

वह खामोश रहता है।

—तू मुझसे तंग आ चुका है ?

वह खामोश रहता है।

—अगर यह बात है तो तू क्यों नहीं कहीं और भाग जाता ?

वह खामोश रहता है।

—या फिर मुझे मार क्यों नहीं डालता ?

वह खामोश रहता है।

—या फिर खुदकुशी क्यों नहीं कर लेता ?

वह खामोश रहता है।

—तू आखिर चाहता क्या है ?

वह खामोश रहता है।

—तू चाहता है कि मैं पागल हो जाऊँ ?

वह खामोश रहता है।

—या खुदकुशी कर लूँ ?

वह खामोश रहता है।

—या तुझे मार डालूँ ?

वह खामोश रहता है।

—और मुझे फाँसी लग जाये ?

वह खामोश रहता है।

—या उम्र कैद की सजा मिल जाये ?

वह खामोश रहता है।

—अब बोलेगा भी ?

वह खामोश रहता है।

—नहीं बोलेगा ?

वह खामोश रहता है।

—बोल, नहीं बोलेगा ?

वह खामोश रहता है।

—बोल, नहीं बोलेगा ?

वह खामोश रहता है।

—आखिरी बार पूछ रहा हूँ।

वह खामोश रहता है।

—गालियाँ बकवायेगा ?

वह खामोश रहता है।

—बोल, बहनचोद !

वह खामोश रहता है।

—कुत्ते !

वह खामोश रहता है।

—कमीने !

वह खामोश रहता है।

—उल्लू के पट्ठे !

वह खामोश रहता है।

—गान्डू।

वह खामोश रहता है।

और तब मैं बेतहाशा और पूरे जोर से तड़ातड़ अपना माथा पीटने लगता हूँ। न जाने कितनी देर पीटता रहता हूँ। जब होश में आता हूँ तो साधना मुझ पर झुकी हुई मेरे माथे पर उभरी हुई रस्सियों-सी नसों को सहला रही होती है और कह रही होती है—तुम्हें कितनी बार समझाया है कि इतवार को उसके साथ कभी सैर करने मत जाया करो ! और मैं आँखें बन्द कर कराह उठता हूँ—मेरा क्या होगा ! मेरी आवाज उस हरामी की हँसी में डूब जाती है।

# लापता

वह पूरे चालीस दिनों से लापता है और मैं उसके बगैर पागल हुआ जा रहा हूँ। इतना अकेला और लाचार हुए एक अरसा हो चला है। जब वह था तो उसके खिलाफ कई शिकायतें हुआ करती थीं। अपनी ऊब, बेजारी और दूसरी कई बीमारियों का कुसूर उसके सर थोपता रहता था। लेकिन इन चालीस दिनों में हुई अपनी हालत का खयाल आते ही महसूस होता है कि अगर वह वापस नहीं आया तो मैं घुल-घुलकर मर जाऊँगा। दिन तो जैसे-तैसे घसीट ले जाता हूँ, रात उतरते ही महसूस होता है मानो बिस्तर किसी मरघट में जा बिछा हो। ऐसे-ऐसे दारुण दुःस्वप्न दिखायी देते रहते हैं कि साथ सटी साधना हर रात कई-कई बार बिदक उठती है और पूछती-पुचकारती रहती है। और मुझे उसकी सूरत तक से चिढ़ होने लगी है। हर सुबह यूँ लगता है जैसे पिछली रात किसी पिशाच से कुश्ती लड़ कर गुजारी हो।

जिस दिन से वह गया है मैंने साधना को छुआ तक नहीं। और वह हर वक्त किसी मादक मास्टरनी या किसी कातर कुतिया की तरह मेरे इर्द-गिर्द इतराती रहती है। ऐसी-ऐसी अतृप्त निगाहों से मुझे कौंचती है कि मैं वितृष्णा से विभोर हो उठता हूँ। जी चाहता है कि उसका जूड़ा उखाड़कर आग में झोंक दूँ, या अपनी ऐनक उतार कर दीवार पर दे मारूँ। अपनी इस बिफरी हुई बेरुखी पर हैरानी होती है, क्योंकि इससे पहले साधना कभी इतनी देर तक इतनी अप्रासंगिक और अप्रिय महसूस नहीं हुई। हाँ, उन लरजते हुए बेलिहाज लम्हों की बात अलग है जिनमें उसी पाजी के जेरेअसर ही मुझे हर हरकत और व्यक्ति व्यर्थ दिखायी देने लगता था। लेकिन इससे पहले वह लापता भी

तो नहीं हुआ। वैसे उस उल्लू के पट्ठे की गुमशुदगी का मुझे फायदा उठाना चाहिए था और हरदम सिर्फ साधना में ही डूबा रहना चाहिए था। सिर्फ साधना में इसलिए कि अब किसी औरत का पीछा करने की हिम्मत नहीं रही। जब वह साथ रहता है तो मैं किसी भी काम या कामिनी में डूब नहीं पाता। बल्कि उस खबीस को खुश रखने के लिए उस पर रोब जमाने के लिए अक्सर अपने हर उल्लास को काबू में रखना पड़ता है, हर महफिल से बेजारी का बहाना करना पड़ता है, या कभी-कभी हर हालत में एक-सा खुश होने का अभिनय। बेशक उस पर मेरी इस कोशिश या फरेब का कोई असर नहीं होता ; क्योंकि वह मुझे दूर अन्दर तक जानता है। और अब जब वह न जाने कहाँ जा मरा है तो मैं अपनी आजादी का इस्तेमाल करने के बजाय यूँ बैठ-बुझ गया हूँ जैसे मेरा कोई अंग कट गया हो। मुझ-सा अहमक भी कोई क्या होगा ?

मुझे यह खतरा बल्कि यकीन भी है कि वह खूब जानता है कि मैं उसके गायब हो जाने से कितना परेशान हूँ। यानी वह जहाँ भी छिपा बैठा है, वहीं से मुझे देख रहा है, मेरी हर सोच और साँस को सुन-सा रहा है। अगर मैं सँभला नहीं तो शायद सचमुच पागल हो जाऊँगा ; क्योंकि मैं कई बार यहाँ तक सोच जाता हूँ कि वह कहीं गया या गुम नहीं हुआ, बल्कि सिर्फ गायब ही हुआ है। यानी दिखाई नहीं दे रहा है, है यहीं कहीं। शायद इसी कमरे में। मैं इस खयाल पर काँप रहा हूँ और सोच रहा हूँ कि अगर वह वाकई आस-पास ही है और मेरी बेचारगी देख रहा है तो मुझे क़ोशिश करनी चाहिए कि इस तरह निहत्था और नंगा नजर न आऊँ।

उसके गायब होने से पहले उस शाम साधना को लेकर उससे जो बहस हुई थी उसका खयाल आता है। साधना को लेकर हम दोनों कई बार आपस में उलझ चुके हैं। बहस में बाजी हमेशा उसी की रहती है और मैं आखिर उसकी सब धारणाएँ स्वीकार कर लेता हूँ। मिसाल के तौर पर साधना भी माला की तरह धीरे-धीरे मुझ पर कब्जा जमाने की कोशिश कर रही है ; कि वह माला की निस्बत ज्यादा दयानतदार तो है लेकिन इसका यह मतलब नहीं कि मैं उसके जेरेअसर मामूली और मोमीला होकर रह जाऊँ ; कि अगर मैं साधना से बँधा न होता तो उड़ रहा होता ; कि दरअसल उसी की ख्वाहिशों को पूरा करने के लिए मैं वहाँ से यहाँ इस बर्फीले बयावान में आ बैठा हूँ और अब यहाँ से हिलने की बात से ही बिदक उठता हूँ ; कि उसी के कारण मैंने वह तलाश

बीच में ही तोड़ दी है जो माला से अलग हो जाने के बाद शुरू की थी ; कि मैं भूल गया हूँ कि माला के मोह ने मुझे कितनी देर तक दलदल में दबाये रखा था ; कि अगर मैं वक्त से सँभला नहीं तो यह साधना भी मुझे उसी दलदल में धकेल ले जाएगी ; और न जाने क्या-क्या और।

अब यह बात नहीं कि वह खुद गाहे-माहे साधना पर मोहित न हो जाता रहा हो। माला भी उसे जिस्मानी तौर पर तो पसन्द ही थी, लेकिन वह माला को किसी भी पहलू से पसन्द नहीं था। इसलिए भी उन दोनों की आपसी अनबन आखिर तक बनी रही थी। वह पहले दिन से ही माला को उखाड़ने और मुझे उससे रिहाई दिलाने में जुट गया था और उधर माला ने अल्टिमेटम दे दिया था कि अगर वह रहेगा तो वह मुझे छोड़ जाएगी। लेकिन साधना से उसका संबंध दूसरी किस्म का था। बेशक, वह मुझे खबरदार तो करता ही रहता था, लेकिन खुद कभी-कभी उसके ऊपर चढ़ा या नीचे पड़ा हाँफता-उछलता भी दिखायी दे जाता था। और मुझे आश्वासन मिल जाता था कि जब तक साधना सुन्दर और सौम्य है, हमारा त्रिकोण बना रहेगा। एक दौर में तो साधना के ही सुझाव पर हम तीनों एक ही बिस्तर में सोने लगे थे। शायद इसी गलत कदम का नतीजा रहा हो कि कुछ ही दिन बाद वह इतना बेकरार हो उठा था, कि मेरी नींद हराम हो गयी थी।

बहरहाल, उस शाम उस बहस के दौरान जब मैंने उसे उस दौर की याद दिलायी थी और पूछा था कि अगर साधना इतनी खतरनाक है तो वह खुद क्यों कभी-कभी अब भी उस पर लट्टू हो जाता है तो उसने संजीदगी से जवाब दिया था—मैं साधना को कभी-कभी भोग जरूर लेता हूँ, लेकिन तुम्हारी तरह उसी में डूब कर के नहीं रह जाता ; क्योंकि मैं अन्दर से अनासक्त रहता हूँ, जबकि तुम जब उसमें होते हो तो यूँ नजर आते हो जैसे दलदल में फँसा हुआ कोई कोढ़ी, या नर्क में नाचता हुआ कोई कीड़ा ! उसकी उपमाएँ ! उल्टी आती है। उसकी बात सुन दिल ही दिल में मैं लाजवाब-सा हो गया था। उसमें और मुझमें एक बड़ा फर्क शायद यही है कि वह जब चाहे नीचे से ऊपर जा पहुँच ऊँचे आत्मविश्वास से कोई ऐसी घिसी-पिटी बात यूँ कह देगा कि सुनने वाला सहम जाये। निर्लिप्त या अनासक्त होने की उसकी डींग में ढोंग कितना है, मैं नहीं जानता, लेकिन मान लूँ कि वह सच ही बोल रहा है तो भी मैं सिर्फ उससे सहम ही सकता हूँ, उसकी नकल में निर्लिप्त हो जाने की कोशिश में मैं अपनी

हर खुशी को हलाक नहीं कर सकता। मैं आजमाकर देख चुका हूँ। उसकी-सी ऊँचाई—अगर यह मान भी लूँ कि वह मुझे धोखा नहीं दे रहा है—मेरी पहुँच से परे है। फिर भी अगर ईमानदारी से सोचूँ तो यह मानना पड़ेगा कि अक्सर उस गधे को मैं अपने से बेहतर और बड़ा इसलिए समझता हूँ कि वह अभी तक किसी औरत या ऐश से सर नहीं हो सका, हर आलाइश में से साँप-सा साफ बच फिसल जाता रहा है।

हमारी उस आखिरी बहस के अन्त में उसने सुझाया था—अब तो जानेमन तुम्हारे बचाव का एक ही तरीका है और वह यह है कि तुम किसी रोज यहाँ से अचानक गायब हो जाओ और तब तक नहीं लौटो जब तक मेरी ही तरह तप नहीं जाते। तुम्हारी गैरहाजिरी में साधना और तुम्हारे दूसरे सब सिलसिलों को मैं सँभाल लूँगा। तुम्हारी जगह तुम्हारी नौकरी, जिससे तुम जानते हो मुझे सख्त नफरत है, की जहमत भी मैं उठा लूँगा। बोलो क्या ख्याल है ?

उसने अपनी कई बातों से मुझे कई बार चौंकाया है लेकिन उस हद तक नहीं जिस हद तक उस शाम। हम काफी देर से एक अजनबी बार में बैठे हुए थे। आस-पास उखड़े-उखड़े अपरिचितों की भीड़ थी। हमारी सूरतों में कुछ ऐसा रहा होगा कि लोगों की नजरें बार-बार हमें बुहार जाती थीं। मैं ना-आशना निगाहों का निशाना बनने से घबराता हूँ लेकिन वह मस्त रहता है। एक धुत्त और अधेड़ औरत दो-एक बार मेरी तरफ आँखें चमका चुकी थी। मैं उसका मुकाबला घर बैठी साधना से कर चुका था, और यह सोचकर परेशान भी हो चुका था कि अब उस उम्र में दाखिल हो गया हूँ जिसके बाद किसी परी-चेहरा परकीया की सोहबत शायद ही नसीब हो। मैं उसकी बातों से ऊब रहा था और घर लौटते ही साधना को धुनने के खयाल से खुशी बटोरने की कोशिश कर रहा था। और फिर यकायक मेरे कान खड़े हो गये। वह कह रहा था—अगर चाहो तो मैं तुम्हारे साथ गायब होने के लिए भी तैयार हूँ; लेकिन जानता हूँ कि तुम उस बेचारी को एकदम अकेली नहीं छोड़ना चाहोगे; इसीलिए मेरा सुझाव है कि तुम जाओ, और मैं तुम्हारी गैरहाजिरी में साधना को जैसे-तैसे सँभाल लूँगा। हाँ, अगर बाद में तुमने वापस न आने का फैसला कर लिया तो मैं भी तुमसे जा मिलूँगा और हमारी जिन्दगी का नया दौर शुरू हो जायेगा। समझे ?

मेरे कान खड़े हो गये थे और खून सर्द हो गया था। मेरा ख्याल था कि

पहले के कई मौकों की ही तरह उस दिन भी वह कुछ देर बक-झक लेने और कुछ और पी लेने के बाद बेहोश हो जाएगा और मैं उसे कार में डालकर घर ले जाऊँगा, जहाँ साधना उसकी दीन-हीन हालत पर हैरान होने का बहाना करेगी, आँखें उधेड़कर मेरी तरफ देखेगी, मैं कन्धे सिकोड़ दूँगा और जब गयी रात वह जागेगा तो साधना और मैं नंगी नींद सो रहे होंगे। और अगर उसकी किसी कराह से मेरी नींद टूट जाएगी और उसका वह मारू राग—मेरा क्या होगा ! सुनाई दे जाएगा तो मैं या तो उसका मजाक उड़ाता हुआ, उसकी आवाज में आवाज मिलाकर पुकार उठूँगा—मेरा क्या होगा—और या बेकाबू होकर अपना माथा पीट लूँगा।

लेकिन उसकी संगीन संजीदगी से साफ स्पष्ट होने लगा था कि उस शाम का अन्त उसकी मदहोशी में नहीं होगा। उस शाम वह फिर मुझे उखाड़ने पर तुला हुआ नजर आता था। मैं घबरा गया। अगर वह टला नहीं तो मैं जानता था कि मेरा क्या होगा। जिस तरह से उस दिन से कई बरस पहले उसी के इसरार पर माला का साथ छूट गया था उसी तरह साधना से भी नाता टूट जाएगा और मैं फिर न जाने कितनी देर के लिए उसी के रहम पर रह जाऊँगा। मैं मन ही मन यह सब सोच रहा था और वह टकटकी बाँधे मुझे देख रहा था। उसकी टकटकी आज तक मुझसे एक बार भी नहीं टूटी। और आखिर जब मैंने आँखें नीची कर लीं तो उसने फिर बोलना शुरू किया—अगर तुम अब आबोहवा नहीं बदलोगे तो हमेशा के लिए शायद यहीं पड़े रहो, साधना को लेकर। मानता हूँ कि साधना सुन्दर है और तुम्हारी यह जिन्दगी ज्यादा बुरी नहीं ; लेकिन मेरा मशविरा मानो तो कुछ अरसे के लिए साधना को और दूसरी तमाम जहमतों को मुझ पर छोड़ कर किसी ऐसे एकान्त में जा बैठो जहाँ यहाँ की कोई आवाज तुम तक नहीं पहुँचे, और उस वक्त तक न लौटो—अगर लौटना ही हो तो—जब तक अन्दर से इन तमाम जालों-झंझटों से आजाद नहीं हो जाते। मेरी तरह !

वह मुसकुरा रहा था न उसके लहजे में किसी मजाक की मिठास थी। मशविरे के नाम पर वह एक तरह से मुझे हुकुम दे रहा था—यहाँ से भी भाग निकलो ! यह मशविरा या हुकुम उसने पहली बार दिया हो, ऐसी बात नहीं। जब से वह मेरे साथ जुड़ा है, उसने मुझे एक जगह जमने नहीं दिया। यह बात नहीं कि वह मुतवातर हरकत का हामी हो। अक्सर कहता है कि असली

अन्दरूनी आजादी के लिए आबोहवा बदलते रहना जरूरी नहीं। लेकिन मेरी कमजोरियों को देखते हुए कहता है, कभी-कभी यह तबदीली उसे जरूरी महसूस होने लगती है। साफ लफ्जों में यही कि उसकी नजर के मुताबिक मैं साधना में बुरी तरह धँस-फँस गया हूँ और वह यह बरदाश्त नहीं कर सकता। कहता है, मेरा आखिरी मकसद यही है कि तुम्हें अपनी ही तरह वहाँ और यहाँ से, साधना और माला से, ऊपर उठाकर अनासक्ति के आकाश में उड़ता देखूँ। उसकी यह मसीहाना मुद्रा मुझे मार भी जाती है, और पसन्द भी आती है। लेकिन मेरी कोशिश यही रहती है कि वह अपने ही क्षेत्र में खेलता-खिलता रहे और अपनी उड़ानों में मस्त रहना चाहे तो रहे, मुझे मेरे हाल पर ही रहने दे। बीच-बीच में जब वह ज्यादा जिद्द करने लगता है तो मैं अपनी जान बचाने के लिए उसकी बात मान लेता हूँ, और इसीलिए हमारा यह सहअस्तित्व बना चला आ रहा है।

उस दिन बहस से पहले भी वह दो-एक बार पकड़ कर मुझे लेक्चर तो पिला चुका था, जिसका लुब्बो-लुबाब यही था कि साधना भी माला की ही तरह मुझ पर हावी होती जा रही है और यह मेरी रूहानी सेहत के लिए ठीक नहीं। मैं अपनी तरफ से उसे यह समझाने की कोशिश कर चुका हूँ कि अब हम दोनों—यानी वह और मैं—कुछ लोगों की बेलिहाज नजरों में बूढ़े हो चुके हैं, और अब हमें मान लेना चाहिए कि हम जैसे हैं, हैं। और यह भी कि मैं खत्म हो जाने से पहले साधना की सोहबत और खूबसूरती की बहार जी-भरकर लूट लेना चाहता हूँ; और अगर उसे यह पसन्द नहीं तो वह अपनी आँखें बन्द कर ले, या कहीं और जा मरे।

उस दिन भी मैंने उसे आखिर में उस बार से उठते वक्त यही कहा था। और अब यही सोच-सोचकर हलाक हुआ जा रहा हूँ कि वह शायद मेरी ही बात पर खफा हो गया हो और मुझे मजा चखाने के लिए कहीं जा छिप बैठा हो; क्योंकि जब से वह गया है मेरे सब मजे मर गये हैं और मैं उसी के बारे में सोच-सोचकर सूख रहा हूँ। किसी गुमशुदा गाय की तरह दिन-दिन-भर इधर-उधर भटककर जब घर लौटता हूँ तो साधना की सूरत तक देखने की तबीयत नहीं होती; और उस हरामी की वह पुकार अपने अन्दर से उबलती हुई उठती है—मेरा क्या होगा!

लेकिन उसकी वापसी की उम्मीद अभी टूटी नहीं। कल शाम भर फिर उसी बार में बैठा रहा जिसमें हमारी वह आखिरी बहस हुई थी। इस ख्याल से कि शायद वह वहाँ आ टपके। एक उजाड़-से कोने में अकेला बैठा पीता रहा था। इतनी पी थी कि तेजी से मदहोशी की तमाम मंजिलें पार करता हुआ उस मंजिल में जा पहुँचा था जिसे पार करने के लिए अंतड़ियाँ उलट देनी पड़ती हैं। गनीमत है कि मेज पर ही ढेर नहीं लगा दिया। बल खाता हुआ पेशाबगाह में पहुँच दरवाजा अन्दर से बन्द कर लिया था और देर तक सर डाले सब कुछ मुँह और नाक के रास्ते बाहर उगलता रहा था। खाली हो जाने पर जब बाहर निकला था तो दरवाजे पर अपनी ही किस्म का एक गया-बीता अधेड़ बिगड़ा-सा मुँह लिये खड़ा झूलता हुआ नजर आया था। उसने भी शायद मुझे देखकर मेरे बारे में यही सोचा हो कि मैं उसकी ही तरह का एक गया-बीता अधेड़ हूँ। उस आदमी ने भी दरवाजा अन्दर से बन्द कर लिया था और मैं बाहर खड़ा थोड़ी देर तक उसकी उबकाइयों की आवाज सुनता रहा था और सोचता रहा था कि शायद वह शैतान भी इसी तरह किसी गन्दी पेशाबगाह में खड़ा खाया-पिया बाहर उँडेल रहा होगा और अपनी गलती पर परेशान हो रहा होगा। लेकिन मेरी यह खुशफहमी अपने से लिहाज का ही नतीजा या सबूत-भर था ; क्योंकि वह शायद ही अपनी किसी भी हरकत को गलती का नाम दे उस पर पशेमान होता हो। उसका उसूल है कि उसकी हर हरकत हमेशा ठीक ही होती है ; कि पश्चाताप एक निचले दर्जे की आत्मप्रताड़ना है ; कि असली सजा यही है कि आदमी अपनी हर हिमाकत को हँसी-खुशी कबूल कर ले। उस साले के पास इस किस्म के उसूलों का एक गट्ठर बँधा रहता है। पहले मैं सोचा करता था कि वह मुझे मात दिखाने के लिए ही इस किस्म की ऊँची बड़ मारता रहता है। ख्वाहिश होती थी कि उसका चेहरा नोंच लूँ, ताकि उसका नकाब उतर जाए। समझ नहीं पाता था कि ऐसे बेईमान बहरूपिये को मैंने क्यों अपने सर पर चढ़ा रखा है। लेकिन इधर काफी अरसे से मुझे यकीन-सा होने लगा है कि वह हरामखोर सही हो या गलत, बेईमान नहीं ; कि उसका चेहरा करीब-करीब नंगा है। इधर काफी अरसे से मैं एक बार फिर उसके बारे में, अपने बारे में, उसके साथ अपने इस अजीब रिश्ते के बारे में जिसे दोस्ती कहा जा सकता है न दुश्मनी, उसकी मुतवातर नुक्ताचीनियों के बारे में, साधना से उसके परहेज के बारे में, उसके अनासक्ति-राग के बारे में,

उसकी ऊटपटाँग तजवीजों के बारे में, और इसी तरह की कई और बातों के बारे में बेबुनियादी-सा हो गया हूँ, और समझ नहीं पाता कि अगर यही हाल रहा, तो मेरा क्या होगा !

जब तक वह साथ था मैं अपनी इन उधेड़बुनों से अन्दर ही अन्दर निबटता रहता था, यह जानते हुए भी कि वह मेरे अन्दर के हर रंग से हमेशा आगाह रहता है। लेकिन यह शायद ही कभी सोचा हो कि उसके चले जाने से मैं इस हद तक अकेला और यतीम हो जाऊँगा। साधना मेरा तन-मन बहलाने की पूरी कोशिश कर रही है। जब वह हमारे साथ सोता था और फिर जब उसने साथ वाले कमरे में अलग सोना शुरू कर दिया था तो वह कई बातों से हिचकिचाती रहती थी। इसलिए नहीं कि उसे उस उल्लू से झेंप महसूस होती थी बल्कि इसलिए कि कहीं उससे या उसके जिस्म से कोई ऐसी गलती न हो जाए कि मुझे उस मरदूद के सामने शर्मिन्दा होना पड़े। हकीकत यह है कि साधना अभी तक मेरे और उस हरामी के आपसी रिश्ते को पूरी तरह नहीं समझ पायी। इसमें कुसूर बेशक मेरा ही है। जूँ ही वह बात समझने लगती है मुझसे कोई ऐसी हरकत हो जाती है कि वह फिर उलझ जाती है। मुझे खुश रखने के लिए ही उसने उसे खुश रखने की हर मुमकिन कोशिश की थी। मिसाल के तौर पर उसे हमारे साथ सुलाने का मेरा सुझाव उसने ऐसे जोश से मान लिया था कि मैं जल-सा गया था। और फिर जब वह तजुरबा भी कारगर होता दिखायी नहीं दिया था, और वह हमारी खरमस्तियों में शरीक होने के बजाय करवटें बदलने या बड़बड़ाने में ही सारी रात गँवा देने लगा था, तो मैंने उससे कह दिया था कि वह फिर से अपने कमरे में हमसे अलग जा पड़ सटपटाये। तब साधना ने मुझे सब्र करने की सलाह दी थी और कहा था कि उसे यानी साधना को अगर मैं कुछ वक्त और दूँ तो वह जरूर उस खबीस की बेरुखी को शौक में बदल डालेगी। और सुनकर मुझे साधना पर शक-सा उठ खड़ा हुआ था कि कहीं वह अन्दर से उसीकी तो नहीं ! मतलब यह है कि अगर साधना बेचारी कुछ समझ नहीं पाती कि मुझ पर क्या बीत रही है तो इसकी वजह यही है कि मैंने उसे पूरा-पूरा मौका ही कभी नहीं दिया ; उससे खुलकर अपनी इस उलझन की बात तक नहीं की। माला पर भी मुझे ऐसा शक होने लगा था ; हालाँकि माला न उसकी थी, न मेरी, उसे सिर्फ दुनियादारी और दिखावे से ही असली प्यार था। साधना माला के मुकाबले में सच्ची और सीधी है। और देखा जाय

तो उस कमीने के गायब हो जाने पर मुझे खुश होना चाहिए, साधना की धज्जियाँ उड़ा देने में जुट जाना चाहिए ; क्योंकि आखिर जोश का यह आखिरी दौर ज्यादा देर तक नहीं रहेगा, और वह जिस जहन्नुम में भी जा छिपा है ठीक है। मुझे अब बेलगाम होकर कुछ देर अकेला जी लेना चाहिए।

लेकिन क्या करूँ, यह हो नहीं पा रहा। महसूस होता है मानो मेरा सर कट गया हो। मैंने चालीस दिन उसी की तलाश में तबाह किये हैं। और तो और, अपने इस मकान का कोना-कोना न जाने कितनी बार देख चुका हूँ। साधना कहती है कि वह आदमी है, सुई या साँप नहीं कि नजर न आये। साधना अगर इतनी सीधी न होती तो उसे अब तक यकीन हो चुका होता कि मेरा दिमाग हिल गया है। लेकिन शायद वह सीधी नहीं, समझदार है, और सोचती है कि मेरी यह दीवानगी वक्त पाकर अपने-आप दूर हो जाएगी इसीलिए वह मेरी हाँ में हाँ मिलाती रहती है और तसल्लियाँ देती रहती है कि जूँ ही उसकी जेबें खाली हुईं उसका तार या फोन आ जाएगा। उसे मालूम नहीं कि वह हरामी हवा खाकर और पानी पीकर भी जिन्दा रह सकता है ; कि जब तक वह लौटता या मरता नहीं मैं इसी तरह से तड़पता रहूँगा ; कि मैं गुस्से या बेहोशी में कुछ ही बक-झक जाऊँ मेरा बाल-बाल उससे बँधा हुआ है ; कि जब तक मैं उससे अन्दरूनी तौर पर आजाद नहीं हो जाता तब तक न उसे पूरी तरह भुला सकता हूँ न कबूल कर सकता हूँ। लेकिन शायद वह यह सब जानती हो और मुझे बहकाने के लिए या मेरा मन रखने के लिए ही बेवकूफ बनी रहती हो। कुछ समझ नहीं आता।

इधर मेरी सोच ने एक और करवट ली है और मैंने कुछ-कुछ सम्भलना और स्वीकारना शुरू कर दिया है। अपने-आप को समझाता रहता हूँ कि माला से मुक्ति पा लेने के बाद मेरा यह पहला कड़ा संकट है और मैं कमर तोड़कर बैठ गया हूँ। जो हुआ है उसके लिए अपने-आप को या साधना को लताड़ने के बजाय अगर मरदानगी से काम लूँ तो कैसा हो ! फिर आवाज आती है कि इस उम्र में अब अचानक अपनी तमाम नातवानियों को झटक नहीं सकता। यानी मुझे उस वक्त तक तड़पते-तिलमिलाते रहने के लिए तैयार रहना चाहिए जब तक या तो वह अपने-आप लौट नहीं आता या उसकी मौत की खबर नहीं मिलती या मैं खुद-ब-खुद उससे बेरुख या आजाद नहीं हो जाता या फिर मेरा

अपना दम नहीं निकल जाता।

यानी यह न हुआ है और न जीते-जी होगा कि मैं उसके साथ अपने सम्बन्धों की सुरंग में भटकना बन्द कर दूँ। साधना कहती है कि मैं रात को कई-कई बार हड़बड़ाकर उठ बैठता हूँ और दोनों हाथ और सर छत की तरफ उठाकर पुकारने लगता हूँ– मेरा क्या होगा ! वह कहती है कि मेरी आवाज हँसा देने की हद तक भीगी और भर्रायी हुई होती है। वह डरती है कि अगर किसी रात मैं उसकी किसी हरकत की वजह से अपनी उस पुकार के बीचोंबीच जग गया तो बुरा होगा। उसने कहीं पढ़ा है कि नींद में बड़बड़ा या चल-फिर रहा आदमी अगर अचानक जग जाए तो उसका दिमाग खराब हो सकता है। जब मैं उसे बताता हूँ कि मेरा दिमाग तो शायद कभी दुरुस्त था ही नहीं तो वह मुझे लहलहाने की कोशिश में जुट जाती है। उसकी उँगलियाँ हवा की तरह मेरे जिस्म के रेगिस्तान पर बहने लगती हैं, उसकी जुबान मेरे हर अंग के इशारे पर झूम-झूम जाती है, और मैं सोचने लगता हूँ कि मैं इस औरत का हकदार नहीं ; कि इस बेचारी का मेरे बाद क्या होगा। जब वह मेरे मुर्दे में जान डालने के लिए अपने हर अंग और हुनर का इस्तेमाल कर रही होती है तो मैं यही सोच रहा होता हूँ कि वह हरामी इस वक्त न जाने कहाँ होगा, किसके साथ होगा, क्या कर रहा होगा, मेरे बारे में सोच रहा होगा कि नहीं ; और साधना की सारी कोशिशों के बावजूद मैं बेजान रहता हूँ। लेकिन वह फिर भी हाथ और होंठ नहीं हटाती। कहती रहती है—चिन्ता न करो, मर्द पर जब दूसरी परेशानियों का दबाव बढ़ जाता है तो वह नामर्द हो जाता है लेकिन यह मत भूलो कि किसी भी वक्त वह किसी रंग या रगड़ से अपने-आप अचानक उठ भी सकता है।

कभी-कभी साधना बिलकुल नाकाबिले बरदाशत हद तक बेहया और बासी हो जाती है।

उसके लापता होने से पहले के कुछ दिनों के दौरान हुई उसके साथ की हर बात को कई बार मन ही मन बीन चुका हूँ, यह सोचकर कि शायद उसके पते का कोई सुराग मिल जाये।

साधना एक-दो बार दबी जुबान से कह चुकी है कि हो सकता है उसने कहीं जाकर खुदकुशी कर ली हो या यूँ ही कहीं मर-वर गया हो, लेकिन मैं

जानता हूँ कि वह जिन्दा है।

मैं अपने और साधना के सिवा किसी तीसरे से उसके बारे में कोई बात नहीं करना चाहता।

जब से उसकी वापसी की उम्मीद मद्धिम होने लगी है, किसी काम में मेरा मन नहीं लगता। अब मैं कहीं आता-जाता भी नहीं। साधना को हुक्म दे रखा है कि वह मेरे सामने किसी भी बात के लिए मुँह तक न खोले। उसकी सूरत तक सीधी आँखों नहीं देखता।

पिछले कुछ दिनों से मैं उस उल्लू के बिस्तर में अकेला सो रहा हूँ। नींद तो कुछ-कुछ आ ही जाती है लेकिन न जाने कैसे-कैसे सपने दिखायी देते रहते हैं। उनमें अक्सर तो दूसरे दिन धुन्ध में बदल-बिखर जाते हैं, लेकिन कुछ एक के कटे-फटे पुरजे जहन में फड़फडाते रहते हैं, और जब उन्हें पकड़कर किसी 'पैटर्न' में रखना चाहता हूँ तो एक किताबी-सी तस्वीर उभरने लगती है, जिसकी सचाई पर खुद मुझे शक होता है। देखता हूँ कि अँधेरा है, खामोशी है, निगाह की पहुँच तक काला कीचड़ है, हम दोनों कमर तक उस कीचड़ में फँसे हुए हैं। मुझे उसकी शक्ल दिखायी नहीं देती लेकिन मैं जानता हूँ कि वह मुझसे कितने फासले पर है, और जब मैं उसे आवाज देने के लिए मुँह खोलता हूँ तो कोई आवाज पैदा नहीं होती और धीरे-धीरे सब बिखरने लगता है।

एक रोज सोचा था कि पुलिस वालों से पूछूँ कि मुझे क्या करना चाहिए ; लेकिन फिर खयाल आया था कि वे छूटते ही पूछेंगे कि वह मेरा क्या लगता है, और उसका हुलिया वगैरा क्या है और न जाने कैसे-कैसे सवाल जिनके जवाब सुनकर पुलिस वाले या तो हिनहिनाने-हँसने लगेंगे और या मुझे किसी पागलखाने का पता बताकर चलता करेंगे।

मैं जानता हूँ कि वह सिर्फ मेरा इम्तिहान लेने के लिए ही गायब हुआ है। मैं यह भी जानता हँ कि मैं उस इम्तिहान में बुरी तरह फेल हो चुका हूँ ; लेकिन यह तो उस जालिम को मालूम ही होना चाहिए था।

शायद मुझे असली अफसोस यही है कि वह लापता हो जाने के बजाय मर क्यों नहीं गया। मैं जानता हूँ कि वह मरा नहीं ; क्योंकि अगर वह मर गया होता तो मेरी यह हालत न होती, मैं अपने-आप इस नर्क से निकल नाच-कूद रहा होता।

शायद मुझे असली अन्देशा यही है कि वह जरूर किसी दिन दोबारा नमूदार

हो जाएगा और उसका तेज इतना ज्यादा हो चुका होगा कि मैं शायद ही उसका सामना कर सकूँ।

शायद मेरी बेहतरी इसी में है कि जब तक वह नहीं आता, मैं ढंग से बेखटके होकर जी लूँ।

लेकिन मेरा ढंग क्या है या था, मैं अब नहीं जानता।

मैं उसकी वापसी तक न जी सकता हूँ न मर सकता हूँ।

मैं उसकी वापसी तक उसी का इन्तजार करूँगा। चुपचाप।

# रात

वे दोनों पास से यूँ दिखायी देते हैं जैसे अँधेरे में लिपटे हुए दो कच्चे मकान, या खण्डहर, या दो कब्रें, या दो झाड़ियाँ, या दो बूढ़े बच्चे, या फटे पुराने जूते, या गलाजत के दो ढेर, या दो दुःस्वप्न, या दो अन्धे कुएँ, या दो बंजर खेत, या दो खोखले पेड़, या गोया के दो चित्र।

उनके कमरे में से बुढ़ापे की बू आती है। कभी-कभी अचानक कुछ भारी और भद्दी आवाजें सुनायी दे जाती हैं। जैसे कोई जंगखुर्दा दरवाजा या कोई रहट चरचरा रहा हो। या जैसे दो जरे हुए जिस्म दुहाई दे रहे हों।

पूछे जाने पर वे कोई जवाब नहीं देते। आँखें बन्द किये खामोश पड़े रहते हैं। मानो सोच रहे हों कि क्या जवाब दें।

कभी-कभी शक होता है कि पूछने वाले का मुँह चिढ़ा रहे हैं। यह शक उनके पिचके हुए चेहरों की पोपलाहट में से फूटती हुई मुस्कराहट की वजह से होता है। और उनकी काँपती हुई खामोशी से।

वैसे यह कहना मुश्किल होगा कि वे वाकई मुस्करा रहे हैं या यह सिर्फ हमारी नजर का धोखा है। एक हद से गुजरे हुए हर चेहरे से मुस्कराहट रिसती हुई महसूस होती है।

चेहरे की नसें जब ढीली हो जाएँ तो उसकी जुंबिशों की भाषा बिगड़ जाती है।

उन्हें देखकर दहशत भी होती है, और अगर किसी तरह हम अपनी प्रतिक्रियाओं पर से तमाम प्रतिबन्ध हटा लें तो हँसी भी आ सकती है।

वैसे हँसी की सम्भावना कम है कि हमें जो सुरक्षा दहशत में मिलती है, हँसी में नहीं मिलती। उनके मुँह हमेशा खुले रहते हैं। उनमें से किसी भी क्षण

कुछ भी फूट सकता है—खून, पस, बू, अँधेरा, राख, लावा, चीखें, कुछ भी।

अँधेरे और अयथार्थ में लिपटा हुआ एक मकान है, जिसमें कुछ छायाएँ इधर से उधर, उधर से इधर मँडराती रहती हैं। उनके होंठ बराबर हिलते डुलते रहते हैं, जैसे वे एक-दूसरे को कोस रहे हों या किसी काले मंत्र का जाप कर रही हों। लेकिन मकान खामोशी, अभाव और खौफ से अटा हुआ है।

मैं इन छायाओं को भस्म कर देना चाहता हूँ।

मैं इस अँधेरे को फाड़ डालना चाहता हूँ।

मैं इस कोशिश में खुद फट जाऊँगा।

मैं इस कैद को तोड़ डालना चाहता हूँ।

मैं इस कोशिश में खुद टूट जाऊँगा।

मैं टूट रहा हूँ।

मैं टूट चुका हूँ।

लेकिन छायाओं की हरकत जारी है।

मैं इस हरकत को अपने अन्दर महसूस करता हूँ।

मैं इस एहसास को मार डालना चाहता हूँ।

मुझे डर है कि यह एहसास मुझे मार डालेगा।

मैं इस डर से बहुत डरता हूँ।

मैं हर डर से बहुत डरता हूँ।

मेरी मदद करो !

मैं उस तरफ नहीं जाना चाहता। मुझे उधर मत घसीटो। मैं उधर से भागकर आया हूँ। मुझे यहीं इस वीराने में दुबका रहने दो। मैं उस तरफ का सामना नहीं करना चाहता। मैं बहुत कमजोर हूँ। मुझे यहीं इस कोने में पड़ा रहने दो। मैं उधर नहीं जाना चाहता। मैं उधर नहीं, उस तरफ नहीं, अभी नहीं, कभी नहीं। उस तरफ नहीं। उधर नहीं, मुझे यहीं। मैं उधर से बहुत पहले, शुरू से ही, आज से कई साल पहले   मैं अब उस तरफ नहीं   ।

वीराना मेरे इस बेहूदा और बचकाना इनकार से गूँज रहा है। सवाल किया जा सकता है, कौन--सा वीराना ? मेरे पास इसका जवाब नहीं, या शायद मैं देना

नहीं चाहता। लेकिन मेरे पैर बराबर उसी तरफ उठ रहे हैं। इन पैरों को काट फेंकना चाहिए। मैं रुक जाता हूँ। मेरे पैर मुझसे दूर होते जा रहे हैं। उसी तरफ बढ़ रहे हैं। मुझे यह बेढव-सी कल्पना पसन्द है। जहाँ मैं खड़ा हूँ, वहाँ से अपने पैर मुझे यों दिखायी देते हैं जैसे दो खरगोश हों, जो रुक-रुककर मेरी तरफ देखते हैं, मेरा मुँह चिढ़ाते हैं और फिर उसी तरफ फुदकते हुए बढ़ जाते हैं। मेरे पैर मेरा मुँह चिढ़ाते हैं ! मैं कड़ककर कहता हूँ—रुक जाओ ··· लेकिन अपनी आवाज के बजाय मुझे पैरों की हँसी सुनायी देती है। और मैं सहम जाता हूँ—अगर वे मेरे बगैर वहाँ जा पहुँचे तो वहाँ सनसनी फैल जाएगी। देश-भर में उनके देशप्रेम की पैमाइश होगी। काले हरफों में खबरें छपेंगी। कटे हुए पैरों की वापसी ! पैरों का चमत्कार ! पैरों ने परदेश से लौटकर क्या देखा ! पैरों से एक भेंट ! पैरों के पर ! पैरों की पीड़ा ! पैरों की पूजा। पैरों पर पहरे। ये पैर किसके··· रेडियो पर उनके एलान सुनाये जाएँगे—बस इतना ही काफी है।··· अब मैं बेतहाशा उनके पीछे भाग रहा हूँ और चिल्ला रहा हूँ, लेकिन मुझे अपनी आवाज सुनायी नहीं देती। शायद पैर कट जाने से मैं गूँगा हो गया हूँ।

मैं उस तरफ घसीटा जा रहा हूँ। मेरी दोनों एड़ियाँ एक शिकंजे में जकड़ी हुई हैं और कोई मुझे उस तरफ घसीट रहा है। मेरी पीठ, कुहनियाँ, और चूतड़ छिल रहे हैं। मेरा चेहरा दर्द से खिंच-कस रहा है। लेकिन मुँह से कोई आवाज नहीं निकल रही। मैं देखता हूँ कि दर्द के बावजूद या शायद दर्द की ही वजह से मेरी खिंचती हुई टाँगों के दरमियान हरकत हो रही है। मुझे इस बेजा बगावत पर हँसी आती है। अगर उसने देख लिया तो बहुत नाराज होगा। वह न जाने कौन है। मैं आँखें बन्द कर लेता हूँ ! दर्द और मजे की इस आमेजश में बहुत लुत्फ है। अगर उसे पता चल गया तो शायद खींचना बन्द कर दे। अब मैं धीरे-धीरे कराह रहा हूँ। अपनी कराह की लय के साथ हिल रहा हूँ। मैं उस तरफ नहीं जाना चाहता। मैं उस तरफ नहीं जाऊँगा। मैं उस तरफ नहीं जाना चाहता। मेरा जिस्म बेजान हो गया है।

एक बासी कमरा है। दीवारों से मैले चीथड़े लटक रहे हैं। जैसे मांसनुची सूखी लाशें हों। दो औरतें आमने-सामने खड़ी रो रही हैं। और एक-दूसरे पर थूक

रही हैं। मैं उनके दरमियान ठंडे फर्श पर पड़ा हाँफ रहा हूँ। मुझे यहाँ पड़े न जाने कितना अर्सा हो चुका है। इनसे पूछना चाहिए लेकिन ये बताएँगी नहीं। शायद इन्हें मेरी मौजूदगी की खबर तक न हो। अब वे दोनों एक-दूसरे के बाल भी खींच रही है। मैं चिल्लाकर कहता हूँ, बस भी करोगी। कमरा अँधेरे में डूब जाता है। मैं अब अँधेरे में अकेला हूँ। मुझे चुपचाप सो या मर जाना चाहिए। अपनी खामोशी और पोशीदा मुस्कराहट अजीब महसूस होती है। कोई अगर इसे इस समय देख रहा हो तो उसे कैसा लगे। पुकारकर पूछना चाहिए कि कोई और पास है कि नहीं, और रोशनी कब होगी ? लेकिन नहीं, दीवारों को टटोलना चाहिए। अब खुरदरी दीवारों पर अँगुलियाँ फिरा-दौड़ा रहा हूँ। कैदखाने में बन्द कोई बूढ़ा कैदी। मुझे किसी फिल्म का एक धुँधला-सा टुकड़ा याद आता है। यह कैदखाना नहीं हो सकता। हो भी सकता है। नहीं हो सकता। हो भी सकता है।··· सोचते-सोचते शायद मैंने बोलना शुरू कर दिया है। मुझे लगता है जैसे मुझे अपनी सूरत दिखायी दे रही हो, जिसमें मेरे चेहरे पर आँखों के बजाय दो चिराग टिमटिमा रहे हों। जिनकी पीली और लड़खड़ाती रोशनी में मुझे अपने माथे पर खुदा हुआ दिखायी देता है—हो भी सकता है, नहीं हो सकता।

किसी नुमाइश में देखे किसी बुझते-जलते यंत्र की याद आती है और मैं हँसना शुरू कर देता हूँ। बहुत देर हँसता रहता हूँ। इस बीच कमरे का स्थान एक रेलवे प्लेटफार्म ने ले लिया है, जहाँ खड़ा मैं हँस रहा हूँ और मेरे इर्द-गिर्द मुसाफिरों की एक भीड़ जुड़ती जा रही है। मैं अगर इसी तरह हँसता रहा तो गाड़ी छूट जाएगी। अब मैं दोनों हाथों से अपने जबड़ों को बन्द कर रहा हूँ। देखता हूँ कि मैं एक फटे हुए सूटकेस पर बैठा उसे दबा रहा हूँ।

कहाँ जा रहे हो ?—मैं चौंककर खड़ा हो जाता हूँ। सूटकेस का मुँह जैसे मेरी हैरानी को व्यक्त कर रहा हो। कहाँ जा रहे हो ? मैं खामोश रहता हूँ। सवाल न जाने कहाँ से आ रहा है। लेकिन मैं यूँ नजरें नीची किये खड़ा हूँ जैसे सामने कोई खड़ा मुझे डाँट रहा हो। कहाँ जा रहे हो ? जो भी हो, अगर सवाल पूछ सकता है तो शायद जवाब भी दे सके। मुझे यहाँ बन्द पड़े कितना अरसा हो चुका है ? मैं फिर उसी कमरे में जा पड़ा हूँ। कहाँ जा रहे हो ? जादू होगा तो अपने-आप खत्म हो जाएगा। मैं खामोश रहता हूँ। कहाँ जा रहे हो ? पूछता रहे, मेरी सुरक्षा खामोशी में ही है। आराम से इन्तजार करते

रहना चाहिए। आवाजें कभी यूँ भी गूँज उठती हैं। कहाँ जा रहे हो ? जब तक यादों से बचा रहूँगा, डर से भी बचा रहूँगा। कहाँ जा रहे हो ? लेकिन मैं यहाँ आया कैसे ? आया था या लाया गया था ? कहाँ जा रहे हो ? पूरी ईमानदारी से जवाब दे सकता हूँ कि मैं नहीं जानता कहाँ जा रहा हूँ, जा भी रहा हूँ कि नहीं, लेकिन नहीं दूँगा। कहाँ जा रहे हो ? सोचने पर, हो सकता है, सब याद आ जाये। जो भी हो मैं खामोश रहूँगा। खामोशी ही मेरा सही जवाब है।

एक बूढ़ी झुकी हुई काया एक कच्ची सड़क पर रेंगती हुई रफ्तार से चल रही है। मैं बेतहाशा उसके पीछे भाग रहा हूँ। बीच का फासला कम नहीं होता। बहुत झुँझलाहट होती है। मैं चिल्लाकर उसे रुक जाने के लिए कहना चाहता हूँ। खयाल आता है कि मैं गूँगा हूँ। याद नहीं आता कब से। उस बूढ़े आदमी के दो चेहरे हैं। एक का रुख मेरी तरफ है। मैं उस चेहरे को पहचान सकता हूँ। मारे डर के मैं रुक जाता हूँ। महसूस होता है जैसे अब भी भाग रहा होऊँ। अब चेहरों की एक कतार मेरे सामने नाच रही है। सभी चेहरे एक ही औरत के हैं। मेरे साथ धोखा किया जा रहा है, मैं महसूस करता हूँ। रो देने की ख्वाहिश होती है। लेकिन अब मैं एक सिनेमा-हाल में बैठा हुआ हूँ। इस पर मुझे कोई हैरानी नहीं होती। मुझे याद है कि कुछ देर पहले मैं एक कच्ची सड़क पर भाग रहा था। अब अपनी वह हरकत बहुत बेहूदा महसूस हो रही है। जरूर किसी ने मुझे बहका दिया होगा। उसके दो चेहरे थे, मुझे याद आता है। मुझे हँसी आ जाती है। हँसते-हँसते मैं बहुत छोटा हो जाता हूँ। अब मैं आईनों से घिरा हुआ हूँ, जिनमें मुझे बेशुमार झुर्रियोंवाले पोपले चेहरे दिखाई देते हैं, जो बच्चों के भी हो सकते हैं और बूढ़ों के भी। अचानक मुझे यकीन हो जाता है कि मेरे साथ धोखा हो रहा है। इन तमाम चेहरों के पीछे वही एक चेहरा है, जिससे मैं डरता हूँ। अब मैं एक कराहती हुई औरत के सिरहाने खड़ा हूँ। वह कुछ ऐसा बोल रही है जो मेरी समझ में नहीं आता। मेरी मुट्ठियाँ भिंची हुई हैं और मैं अपने-आपको समझा रहा हूँ कि मुझे अपना स्वर संयत रखना होगा। मैं इस कोशिश से फटा जा रहा हूँ। उस औरत के शब्द उसके मुँह से निकलते ही मक्खियों में बदलते जा रहे हैं। अगर मैं इस वक्त मुँह खोलूँगी तो ये मक्खियाँ निगलनी पड़ेंगी। अनायास मेरे मुँह से निकल जाता है, बकवास बन्द करोगी ? वह बिलबिला उठती है, और मैं उस पर

झपट पड़ता हूँ। एक मरदाना आवाज सुनायी देती है, शाबाश बेटा, शाबाश! अब मैं उसकी गोद में हूँ और वह मेरा गला दबोच रही है। मेरी आँखों में से चेहरे फूट-फूटकर हवा में उड़ रहे हैं। मुझे महसूस होता है जैसे वे एक ही तस्वीर के पुरजे हों। अब मैं उन्हें समेट रहा हूँ और रो रहा हूँ। वह औरत न जाने कहाँ है! यह आवाज न जाने किसकी थी!

उन दोनों की उम्र अस्सी के करीब है। उनकी सूरत से न उनकी जिन्दगी का अन्दाजा लगाया जा सकता है न उनकी मौत का। वहाँ बस ठहरा हुआ विषाद है। अस्सी की उम्र ज्यादा तो है लेकिन ऐसा भी नहीं कि सभी अस्सी साल के बूढ़ों के चेहरों पर इसी तरह की साँय-साँय का रंग हो। कुछ-एक को इस उम्र में शादी करते सुना-देखा गया है। ऐसे समाचार सुनकर एक अजीब-सी हँसी आ सकती है। आती है। लेकिन अगर हम ऐसे किसी जोड़े को पास से जानते हों तो शायद हम हँस न सकें। वैसे हम किसी भी घटना, दृश्य, सम्बन्ध या व्यक्ति पर हँस सकते हैं, बशर्ते कि हम अपने-आपको पूरी आजादी दे सकें। सभी अस्सी-साला बूढ़े हास्यास्पद भी नहीं होते। बहुतों पर हमें दया ही आती है, डर और गुस्से में लिपटी हुई दया, जैसे अचानक कै आ जाये, लेकिन इस प्रतिक्रिया के लिए एक शर्त जरूरी है, कि आप ऐसे बूढ़ों के साथ किसी ऐसे खूनी रिश्ते से जुड़े हुए हों, जिससे आप उनके जीते-जी उनसे मुक्त न हो सकें। शर्तें और भी बहुत हैं। बुढ़ापे से हर किसी को एक-सा भय नहीं महसूस होता। न ही मौत से। न ही जिन्दगी से। लेकिन इस भय से कभी न कभी समझौता करना पड़ता है। शायद हर एक को नहीं। बुढ़ापे से मौत तक का फासला बहुत कम होना चाहिए।

मैं एक पत्र पढ़ रहा हूँ लेकिन उसकी भाषा मैं नहीं जानता। जरूर यह पत्र उधर से आया होगा। इबारत को घूरते-घूरते मेरी आँखें अकड़ गई हैं। यह खतरा भी है कि अगर इस पत्र के साथ पकड़ा गया तो एक फितना उठ खड़ा होगा। मेरे हाथ थरथरा जाते हैं। मैं हर सम्भावना से डरता हूँ। अब मैं उस पत्र को फाड़ डालना चाहता हूँ। लेकिन मेरे हाथों में कागज के बजाय चमड़े का एक चीथड़ा है, जिसमें से अब कुछ आवाजें निकल रही हैं। कोई पुराना दस्तावेज होगा। बोल रहा है। इतिहास का भूत। बज रहा है। किसी अजायबघर में भेज

दूँगा। अब मैं रिकार्डों के एक ढेर पर झुका हुआ उन्हें फेंट रहा हूँ। रिकार्ड छोटे होकर गोल पत्तों में बदलते जाते हैं। पत्तों पर बनी तस्वीरें कहाँ की हैं ? मैं हमेशा वहीं के ख्वाब क्यों देखता हूँ ?

एक दर्द बुढ़ापे का होता है। किसी भी बुढ़ापे का। उस बुढ़ापे का भी जिससे नूर बरसने की बात कही जाती है और उसका भी जिससे नहूसत बरसने की। लेकिन हर बुढ़ापे का दर्द एक-सा नहीं होता। वैसे अस्सी की उम्र तक पहुँचते-पहुँचते सभी लोग किसी न किसी हद तक भयानक हो उठते हैं। बुढ़ापे और भय का सम्बन्ध अनिवार्य है। जैसे मौत और मौन का। कुछ बूढ़ों को देखकर इच्छा होती है कि आगे बढ़कर उनका गला दबोच डाला जाये। इस इच्छा पर काबू पा लेना प्रायः आसान होता है। इससे इनकार करते चले जाना भी इस पर काबू पाये रखने की ही एक सूरत है। इनकार आत्मरक्षा के लिए जरूरी है। आत्मरक्षा जरूरी न हो अगर मौत का डर न हो। मौत का डर शायद इतना न हो अगर मौत की आगाही हमें बराबर रहे। बीमारी या बुढ़ापे की सूरत में नहीं। खटके की सूरत में भी नहीं। बस उस तरह जैसे हम साँस लेते रहते हैं। लेकिन हम सब मौत से डरते हैं। यह न शर्म की बात है न गर्व की। बस, एक कड़ी हकीक्त है। हमें इस हकीक्त से भी इनकार है। यह इनकार भी बचाव के लिए लाजमी है। बुढ़ापा हर एक पर एक ही उम्र में नहीं उतरता। लेकिन एक उम्र के बाद हर एक पर उतर आता है। बुढ़ापे से मौत तक का फासला बहुत कम होना चाहिए। यह फासला दो तरीकों से कम किया जा सकता है। आत्महत्या से या हत्या से।

मैं स्ट्रेचर पर बिछा हुआ हूँ। अपने शरीर की असहाय शिथिलता में बहुत सुख है। होंठ सूख चुके हैं। बेहोशी का यह पहला दौर था। दर्द अब भी है लेकिन इतना नहीं कि दोबारा बेहोश हो सकूँ। बेहोश होने से पहले मैं अकेला बैठा वहाँ के बारे में सोच रहा था। उन दोनों के बारे में भी। वहाँ की सब यादों पर वे दोनों हावी रहते हैं। अगर यादें खत्म हो जाएँ तो शायद वे भी खत्म हो जाएँ। नहीं, इससे उलटा। वैसे जरूरी नहीं। मैं अपने अनुभव से कुछ नहीं कह सकता। क्योंकि मुझे मौत का अनुभव नहीं। मैंने किसी को दम तोड़ते नहीं देखा। न ही किसी की मौत के बाद उसको याद करते रहने या भुलाते चले

जाने के अनुभव से ही गुजरा हूँ। यह सोचकर अपूर्णता और अपराध का एहसास होता है। दूरी का दर्द सहा है। सह रहा हूँ। लेकिन मौत से इधर की दूरी निर्दोष नहीं होती।

मैं बेहोशी के बाद के इन क्षणों को एक नई लय से जी रहा हूँ। इस लय में गहराई भी है और अकुलाहट भी।

मैं स्ट्रेचर पर बिछा हुआ हूँ और मुझे एक सफेद रक्तहीन कमरे में धकेला जा रहा है। जैसे कोई मुझे कहीं बेचने ले जा रहा हो। अपनी अजनबीयत का एहसास मुझे अपनी नजरों में एक अजीब अहमियत दे रहा है। मैं यहाँ तनहा हूँ। और गुमनाम।

लेकिन मैं दोबारा बेहोश नहीं होना चाहता। शायद नहीं हो सकता। दर्द है लेकिन इतना नहीं कि दोबारा बेहोश हो सकूँ।

नर्स मुझे बिस्तर पर सरका रही है। उसे मेरी देह से बू आ रही होगी। उसने कई अनजान लोगों को तड़पते, मरते देखा होगा। हम हर चीज के आदी हो जाते हैं। कुछ दिन बाद मैं इस डरावने कमरे का भी आदी हो जाऊँगा। और इस अपने बूढ़े साथी का भी, जो साथ वाले बिस्तर के पास बिछी कुरसी में, कुछ आगे को झुका हुआ और कुछ ऊपर को उठा हुआ, खुले मुँह से मेरी तरफ देख रहा है। शायद उसके नीचे काँटे बिछे हुए हैं। इसकी शक्ल मेरे पिता से मिलती है। हर अस्त-व्यस्त बूढ़े आदमी की शक्ल मेरे पिता से मिलती है। इस वक्त उन्हें याद नहीं करूँगा। नहीं करना चाहिए। मैं उस आदमी की ओर से आँखें फेर लेता हूँ।

नर्स कपड़े मेरे तन से छील रही है। 'तुम तो बिल्कुल रीछ हो', वह कहती है–'तुम्हारे मुल्क में क्या सभी मर्द इसी तरह रीछ होते हैं।' वह एक गर्म और अधेड़ सी हँसी हँसती है। वह बातें करना चाहती है। मेरा मन बहलाने के लिए और शायद अपना भी। उसने कई नंगे और निहत्थे शरीर देखे होंगे। तरह-तरह की बीमारियों से बचकर आये हुए। तरह-तरह के बदन। अपने तमाम खुफिया निशानों और खराशों के साथ। यहाँ पीठ पर क्या हुआ था ? वह पूछती है। उसका हाथ मेरी पीठ पर खुदे उस जख्म के निशान को दबा रहा है। मैं उस खराश की पूरी कहानी नहीं जानता। माँ कहा करती थी··· । मैं आँखें बन्द कर लेता हूँ। माँ की याद का झोंका मुझे हमेशा झुलसाकर रख देता है। नर्स पुचकारकर हाथ हटा लेती है। उसके हाथों का हल्का खुरदरापन मुझे

सिहरा देता है।

अब वह मुझे स्पंज कर रही है। मैं अपने शरीर को खुला छोड़ देना चाहता हूँ। मुझे टोकियो का वह तुरकी हमाम याद आता है। और वह आग की लपट-सी लड़की। नर्स शायद हँस रही होगी। उसे सख्त होता देखकर। सोच रही होगी, कुछ लोग यहाँ इसलिए आते होंगे। अब उसने उसे भी गीले कपड़े से मसल दिया है। सख्ती ज्यादा नहीं थी। अस्पताल और वेश्यालय में बहुत समानता है। हर नर्स में वेश्या के कुछ गुण होने चाहिए, हर वेश्या में नर्स के। हर औरत में इन दोनों के कुछ गुण होते हैं। नहीं, होने चाहिए। हर माँ में··· । लेकिन माँ का खयाल आते ही मेरा सर चकरा उठता है। मैं उन दोनों के बारे में कब आराम से निरपराध होकर सोच सकूँगा। मेरी आँखें बन्द हो जाती हैं। दर्द क्या फिर हो रहा है, वह पूछती है। अब उसने मुझे अस्पताल का सफेद चोगा पहना दिया है। पीठ के पीछे उसे बाँधकर वह मेरे चूतड़ों पर हल्की-सी चपत लगाकर हँसती है। उसे हँसी न जाने किस बात पर आ रही है। अधेड़ औरतों की हँसी में कभी-कभी बहुत नंगापन होता है।

अब मैं अकेला हूँ। नहीं, वह मेरा साथी शायद वहीं बैठा मेरी तरफ देख रहा होगा। मैं उससे कोई बात नहीं करना चाहता। जब तक बात नहीं करता, उसकी बीमारी से बचा रहूँगा। लेकिन खामोशी में भी कई खतरे हैं। खामोशी में 'वहाँ' के हमले शुरू हो सकते हैं। मैं 'वहाँ' को वहीं रहने देना चाहता हूँ। मैं 'वहाँ' से मुक्त हो जाना चाहता हूँ। इस मुक्ति की कोशिश में ही मैं शायद बेहोश हो गया था। मैं अपने उस व्यतीत की पकड़-जकड़ से आजाद होकर जीना चाहता हूँ। मैं उस समय और उस स्थान को अपने भीतर से निकाल देना चाहता हूँ। मैं व्यतीत को बदल नहीं सकता तो क्या उसे मिटा सकूँगा ? मैं उसके बोझ को झटक देना चाहता हूँ। मुझे वहाँ के दुःस्वप्न नहीं चाहिए। मैं वहाँ से मुक्त हो जाना चाहता हूँ। मैं वहाँ से मुक्त नहीं हो पा रहा। मैं इसी खिंचाव में टूटने की हद तक तन गया था। अगर बेहोशी ने बचा न लिया होता तो शायद टूट चुका होता। लेकिन वह बचाव नहीं। बेहोशी हमेशा आरजी होती है। बेहोशी से पहले के उन क्षणों में मुझे वह सब दिखायी दिया था, वह सब याद आया था, वह सब महसूस हुआ था, जो उन क्षणों से पहले मुझ पर बीत चुका था। मैं उन क्षणों की स्पष्टता और शिद्दत को वापस नहीं बुलाना चाहता,

नहीं बुलाऊँगा, नहीं बुला सकता ! मैं बेहोशी से डरता हूँ। और होश से भी। मैं मौत से डरता हूँ। और जिंदगी से भी। मुझे नींद चाहिए। स्वप्न-दुःस्वप्न-रहित नींद। यानी मौत। या बेहोशी या लगातार दर्द या दर्द की दवा। यानी मौत। या बेहोशी। भूतरहित। निर्दोष। मुक्त। नींद···

सवाल उठता है कि दोनों साथ-साथ लगी चारपाइयों पर पड़े-पड़े रात-दिन क्या सोचते होंगे ? पीछे की तरफ देखकर परेशान होते होंगे या आगे के इंतजार से भयभीत ? अन्दाजे लगाते होंगे कि पहले कौन जायेगा ? उनकी सारी बीती जिन्दगी दिन में कई बार उनके सामने फैल जाती होगी ? कभी-कभी चिल्ला उठने की ख्वाहिश और न चिल्ला सकने की मजबूरी से उनके जिस्म काँप जाते होंगे ? कभी-कभी उनकी ख्वाहिश होती होगी कि एक-दूसरे के प्रति तमाम ज्यादतियों के लिए एक-दूसरे से मुआफी माँगें। या शायद अब भी एक-दूसरे के खिलाफ वे पुरानी शिकायतें ही उनकी इस भयानक खामोशी को थामे हैं ? या शायद मौत के डर ने उनकी चेतना को बिलकुल सुन्न कर दिया है ?

इस मृतप्राय अवस्था में उनकी सोचों की कोई अहमियत नहीं। उनकी यंत्रणा की भी कोई अहमियत नहीं। उनका जिन्दा होना एक शारीरिक अप्रासंगिकता है।

मैं जाने क्या कहना चाहता हूँ।

मैं धीमे-धीमे कराह रहा हूँ और सोच रहा हूँ कि यह आदत या बीमारी भी वहीं से मेरे साथ आयी है। अपनी तमाम आदतों या बीमारियों या बीमार आदतों या आदी बीमारियों या ··· मैं उलझ जाता हूँ। वह कहीं छिपी सुन रही होगी। और ज्यादा देर खामोश नहीं रह सकेगी। लेकिन मुझे तकलीफ क्या है। आँखें बन्द कर लेनी चाहिए। आँखें बन्द हों तो कराहने का लुत्फ और भी ज्यादा हो जाता है। वह पूछेगी तो मैं उसे कुछ बता नहीं सकूँगा। वह मेरी तरफ बढ़ रही है। मुझे लेटे रहना चाहिए था। लेकिन मैं अपने घुटनों पर हाथ रखे यूँ झुका हुआ हूँ, जैसे उस पर झपट पड़ने के लिए तैयार हो रहा होऊँ। कराहों के बजाय अब मेरे मुँह से फुंकार-सी फूट रही है। मुझे इस तब्दीली पर कुछ हैरानी होती है, लेकिन वह सामने खड़ी मुझे मानो ललकार रही हो। अब हम

दोनों टिकटिकी बाँधे एक-दूसरे की तरफ देख रहे हैं और गुर्रा रहे हैं।

यह न जाने कैसा तमाशा है, मैं सोचता हूँ। जो भी हो, अब मैं भाग नहीं सकता। अगर नर्स ऊपर से आ गयी तो बहुत बुरा होगा। इसे बता देना चाहिए। वह हँस रही है। नर्स ही तो है। मैं कुछ झुँझलाकर उसकी तरफ देखता हूँ और फिर बिस्तर पर जा पड़ता हूँ। मैं न जाने क्या-समझकर लड़ने-मरने पर आमादा हो गया था। मेरे उस साथी ने भी सब देखा होगा। अब मेरा सिर उसकी गोद में है। लेकिन उसका चेहरा न जाने कैसे गायब हो गया है ! मैं खुश हूँ। अब इत्मीनान से जो चाहूँ कर सकता हूँ। मैं अपने गाल पर एक बेर की रगड़ महसूस करता हूँ। मेरा दूसरा हाथ एक-दूसरे बेर को मसल रहा है। यहाँ की नहीं हो सकती। यहाँ की औरतों के निप्पल इतने सख्त नहीं होते। कितना ही मसल लो, इस तरह नहीं अकड़ते। अब मैं उसे चूस रहा हूँ। शायद मेरी अपनी ही बीवी हो। अगर वह होती तो उसका एक हाथ अब तक वहाँ जा पहुँचा होता। वह यहाँ नहीं। मैं अस्पताल में हूँ। वह शायद अस्पताल में नहीं। जो भी हो ठीक है। मैं उसे काट लेता हूँ। 'सी' की आवाज आती है। अपना चेहरा क्यों नहीं दिखाती, मैं पूछता हूँ। अब मैं अपने बिस्तर पर बैठा अपना माथा पीट रहा हूँ और नर्स सामने खड़ी मुझे डाँट रही है। यह क्या कर रहे हो ? पागल हो ? हाँ हूँ। हाँ हूँ। मैं बोल रहा हूँ और पीट रहा हूँ। नर्स हँस रही है। इस पर मुझे बहुत गुस्सा आता है। अब मेरा साथी मेरे साथ पीट रहा है। नर्स हम दोनों के बीच मुट्ठियाँ बंद किये पाँव पटख रही है, जैसे नाच रही हो। पीटते-पीटते मैं शायद वहाँ जा पहुँचा हूँ। यह अस्पताल है कि मेरा घर, मैं चिल्लाता हूँ। मैं दो ढीली चारपाइयों के बीच खड़ा हूँ। उन दोनों की आँखें मुझ पर टिकी हुई हैं। शायद सो रहे हों। आँखें खुली हैं। शायद मर चुके हों। मैं कमरे को पहचान नहीं सकता। कोई और जगह होगी। इनसे कुछ पूछना चाहिए। आपको क्या तकलीफ है ? कोई जवाब नहीं मिलता। आप ठीक तो हैं ? खामोशी और बढ़ जाती है। कमरा मद्धिम हो रहा है। मैं यहाँ ज्यादा देर नहीं रुक सकता। तो मैं जा रहा हूँ, मैं कहता हूँ। अब मैं अँधेरे में अकेला खड़ा हूँ।

मैं एक सुनसान रेलवे प्लेटफार्म पर खड़ा इन्तजार कर रहा हूँ। मेरी पीठ पर किसी जानवर की लाश बँधी हुई है। अभी लाश गर्म है, इसीलिए बोझ महसूस

नहीं हो रहा। वक्त और फासले के साथ-साथ इसका बोझ भी बढ़ता चला जायेगा। बोझ और बदबू। तब मैं इस तरह लापरवाही से खड़ा इन्तजार नहीं कर सकूँगा। वैसे इन्तजार बेकार है। इतनी दूर कोई नहीं आयेगा। मैं आस-पास निगाह दौड़ाता हूँ। कुछ दिखाई नही देता। बहुत अजीब-सा अँधेरा है। अगर आने से पहले किसी से मशविरा कर लिया होता तो ठीक रहता। उन दोनों में से किसी एक से ही पूछ लिया होता। लेकिन उनसे ही तो भाग कर यहाँ आया हूँ। उनके बारे में हरगिज नहीं सोचना चाहिए। इस लाश को यहीं अँधेरे में फेंक देना चाहिए। या फूँक देना चाहिए। अगर इस मजबूती से पीठ पर बँधी न होती तो आसानी से झटका जा सकता था। वहाँ लोग देखेंगे तो न जाने क्या कहेंगे। अजीब खामोशी है। शायद सब मर चुके हैं। बस मैं ही बचा रह गया हूँ। मैं और यह मरा हुआ जानवर, जिसकी लाश मैं न जाने कहाँ-कहाँ ढोता फिरूँगा। अब भी वक्त है। नहीं, वक्त भी मर चुका है। मैं मुस्करा रहा हूँ। अँधेरे का सामना इसी तरह से किया जा सकता है। अँधेरे का सामना किसी भी तरीके से नहीं किया जा सकता। मैं यहाँ कब तक इसी तरह तनहा और खामोश खड़ा रहूँगा। चिल्लाना चाहिए। लेकिन मुझे याद हो आता है कि मैं गूँगा हूँ। अगर न होता तो···अगर न होता तो···अगर न होता तो···तो भी कोई खास फर्क नहीं पड़ता। मेरी हँसी से अँधेरा हिल उठता है। मैं लरजकर खामोश हो जाता हूँ। मेरी पीठ पर लदी यह लाश न जाने किस जानवर की है। किसी की भी हो, मैं मरते दम तक इसकी हिफाजत करूँगा। अब कुछ साये मुझे घेर रहे हैं। ये जरूर मेरे भीतर के भय होंगे। मैं मुस्कराकर उनकी तरफ देखता हूँ। मुझे अँधेरे में से अपनी बिगड़ी हुई सूरत उभरती दिखायी दे जाती है और मैं बेहोश हो जाता हूँ।

अब मैं एक जगमगाते सफेद कमरे में लेटा हुआ नर्स का इन्तजार कर रहा हूँ। आज वह नहीं आयेगी, मेरा साथी कहता है। मैं उसकी आवाज पर हैरान होता हूँ। पहली बार बोला है। मेरा डर गलत था। मैं याद नहीं कर पाता कि मैं किस डर के बारे में सोच रहा हूँ। लेकिन मुझे इसकी बात का जवाब देना चाहिए। क्यों नहीं आयेगी ? मैं पूछता हूँ। लेकिन मेरे मुँह से कोई आवाज नहीं निकल रही। इसे भी मालूम हो जायेगा कि मैं गूँगा हूँ। मैं अब इशारों से उसे कुछ समझा रहा हूँ और वह सिर हिलाता जा रहा है, जैसे उसे सब साफ

समझ आ रहा हो। मैं देखता हूँ कि उसकी शक्ल मेरे पिता से मिलती है। इससे साफ पूछ लेना चाहिए। लेकिन नर्स कमरे में दाखिल होती है। मुझे उसके लिबास पर हैरानी होती है। वह मेरे साथी के बिस्तर तक पहुँचते-पहुँचते बहुत भद्दी आवाज में रोने लगती है। उसकी आवाज मेरी माँ की आवाज से मिलती है। बेहोश हो जाने पर भी इन दोनों से पूरी तरह दूर नहीं हुआ जा सकता। मैं आँखें बन्द कर लेता हूँ। मेरी पीठ पर वह लाश अब भी है।

'सुना है, आपके माता-पिता गुम हो गये हैं ?'

'जी, आपने ठीक सुना है।'

'लेकिन कैसे ?'

'जी, बस, एक दिन सुबह उठकर देखा अपनी कोठरी में नहीं थे।

'तो आपने उन्हें कोठरी में बन्द कर रखा था ?'

'जी नहीं, कोठरी का दरवाजा हमेशा खुला रहता था।'

'रात को भी ?'

'जी।'

'इसीलिए तो। आपने पोलीस को खबर की ?'

'जी, लेकिन वे कुछ करेंगे नहीं।'

'शहर में मुनादी करवायी ?'

'जी, और अब पछता रहा हूँ।'

'क्यों ?'

'हर जगह मेरा मजाक उड़ाया जा रहा है। किसी को मुझ पर यकीन नहीं आता। माता-पिता गुम क्या हुए, साख भी गुम हो गयी।'

'इश्तहार बाँटे ?'

'जी, लेकिन उन्हें पढ़ता कौन है !'

'रेडिया पर ऐलान करवाया ? अखबारों में निकलवाया ? विदेशों में खबर भेजी ? यज्ञ करवाया ? पण्डित से पूछा ?'

'जी, नहीं।'

'तो मेरा अन्दाजा ठीक है। आप उनके गुम हो जाने पर खुश नजर आते हैं।'

'जी नहीं।'

'आप झूठ बोल रहे हैं।'

'जी नहीं।'

'वे गुम हुए नहीं, किये गये हैं।'

'जी नहीं।'

'आपने खुद ही उन्हें घर से निकाल दिया होगा ?'

'जी नहीं।'

'आप उनके बुढ़ापे से तंग आ गये होंगे ?'

'जी नहीं।'

'आपकी बीवी ने उन्हें तंग किया होगा ?'

'जी नहीं।'

'आपने उन्हें पीटा होगा ?'

'जी नहीं।'

'उनकी खूराक में कमी कर दी होगी ?'

'जी नहीं।'

'उनकी शिकायतें नहीं सुनी होंगी ?'

'जी नहीं।'

'आप सरासर झूठ बोल रहे हैं। आप मुझे धोखा नहीं दे सकते। मैं सब समझता हूँ। मैं आपकी शिकायत करूँगा। मैं आपको चैन से जीने नहीं दूँगा। आप भाग नहीं सकते। मैं आपके माता-पिता को ढूँढ़कर ही दम लूँगा।'

चिल्लाते-चिल्लाते मेरी आवाज बूढ़े बैल की-सी हो जाती है। अब मेरे इर्द-गिर्द तमाशाइयों की भीड़ जमा हो गयी है। तमाम चेहरे अजनबी हैं। ये मेरी व्यथा नहीं समझ सकते। मुझे खामोश हो जाना चाहिए। मैं खामोश हो जाता हूँ। भीड़ बुझती चली जा रही है। वह आदमी न जाने कौन था ? अगर उसकी शक्ल याद आ जाये तो शायद कोई बात साफ हो जाये। मैं आँखें बन्द करके उसकी शक्ल उभारने की कोशिश करता हूँ। और मुझे चारों तरफ अपनी ही सूरत दिखाई देती है। मेरे सिवा क्या बाकी सब मर चुके हैं ?

अँधेरा है। धूल है। और एक तंग गली है। कुछ भिखारी मीरा का कोई भजन गा रहे हैं। उनकी आँखें बन्द हैं और जिस्म झूल रहे हैं। आवाजें सुरीली हैं।

जरूर किसी फिल्म की शूटिंग हो रही होगी। अब मैं एक घोड़े पर सवार हूँ। घोड़ा उड़ रहा है। मेरे इर्द-गिर्द भिखारियों का एक हार-सा लहरा जाता है। भिखारिनें कमर से ऊपर नंगी हैं। भिखारिनों की छातियाँ दूध से छलछला रही हैं। मैं हँस रहा हूँ। भजन बन्द कर दिया जाता है। अब स्यापा होगा। हम एक खुले मैदान में खड़े हैं। रोशनी में भिखारिनों की झुर्रियाँ मस्ती में झूम रही हैं। कुछ देर की खामोशी के बाद स्यापा शुरू हो जाता है। सभी औरतें दोहत्तड़ पीट रही हैं। मेरे पास खड़ी एक विदेशी औरत कहती है—कितनी लय है ? मैं उसकी तरफ एक सख्त निगाह डालता हूँ। लेकिन वह मेरे साथ वहाँ से यहाँ यही सब देखने आयी है। उसे यहाँ की हर चीज पसन्द है। वह वहाँ की एकरस जिन्दगी से तंग आ चुकी है। अब वह सबके साथ झूम रही है। उसने अपना ब्लाउज उतार दिया है। उसका वक्ष खुला है। स्यापा रुक जाता है। अब सब लोग मेरे साथ खड़ी उस औरत के खुले वक्ष की तरफ देख-देख शरमा रहे हैं। वह हैरानी से मेरी तरफ देखती है। मैं जवाब में कंधे सिकोड़ देता हूँ। 'मैं तो इन सबके साथ मिलकर झूमना चाहती थी,' वह मिनमिनाती है।

हमारे सामने खड़ी भीड़ में से एक बूढ़ी भिखारिन हमारी तरफ बढ़ रही है। उसे देखते ही मेरा दम फूलने लगता है। मैं पीछे हटना शुरू कर देता हूँ। मेरी वह साथिन अपने वक्ष को बाँहों से ढाँप रही है, और वह बुढ़िया अब उसके बहुत करीब आ पहुँची है। मैं मुँह मोड़कर बेतहाशा भाग उठता हूँ। मेरा पीछा किया जा रहा है। अगर सामना करने की हिम्मत नहीं थी तो अभी लौटने की क्या जल्दी थी। मैं पहचान लिया गया हूँ। अब बच नहीं सकता। वह बुढ़िया मेरी माँ थी। पिता भी यहीं कहीं होंगे। मैं धड़ाम से गिर जाता हूँ। अब वे सब मेरे ऊपर आ गिरेंगे। मैं इसी इन्तजार में औंधे मुँह पड़ा हूँ।

मैं उससे पूछ रहा हूँ, तुम क्या चाहती हो, क्या चाहती हो, क्या चाहती हो ? वह हँसे जा रही है। उसके मुँह में दाँत नहीं। उसकी हँसी खामोश और भयानक है। मैं उसके मुँह में मुक्का ठोंस देना चाहता हूँ। लेकिन फिर वह जवाब नहीं दे सकेगी। मुझे उसका जवाब चाहिए। लेकिन हो सकता है, वह कुछ भी न चाहती हो। तो फिर यूँ मेरा रास्ता रोके क्यों खड़ी है ? उसके लिबास, रंग और हुलिये से कुछ पता नहीं चलता कि वह कौन है। लेकिन इसे मेरी जुबान तो समझ आ ही रही होगी। जरूरी नहीं। दक्षिण की भी तो हो

सकती है। कैसे हो सकती है ! क्यों नहीं हो सकती ? तुम क्या चाहती हो ? लेकिन वह जवाब देने के बजाय उसी तरह हँसती चली जा रही है। मैं सिर पकड़कर बैठ जाता हूँ और रोना शुरू कर देता हूँ।

मैं जाने कब तक इसी तरह। नहीं। मैं जाने क्यों कब तक इसी तरह। नहीं। मैं जाने क्यों कब से किसी तरह। नहीं। मैं न जाने क्यों इस तरह कब तक किसी से भी। नहीं। किसी से भी। नहीं। क्यों न जाने मैं यहाँ कब से। नहीं। मैं कहना चाहता हूँ कि। नहीं। मैं जाने कब से क्या किसी से भी कुछ क्यों नहीं कह। कुछ नहीं मैं। नहीं। मेरा मतलब न जाने क्यों कब कुछ भी कैसे। नहीं। मैं शायद इसी तरह न जाने कब से यहाँ क्यों क्या नहीं। नहीं। मैं किसी से भी कुछ भी कैसे भी न जाने क्यों कभी नहीं। मैं न जाने क्या किससे क्यों कब से यहाँ अभी तक कहीं भी। नहीं। मैं न जाने क्यों वहाँ और यहाँ यानी मेरा मतलब न जाने दरअसल किसी भी तरीके से मैं वहाँ। नहीं। मैं शायद नहीं। मैं यकीनन नहीं। मैं गालिबन नहीं। मैं अगर नहीं। मगर मैं अलबत्ता नहीं। मैं हरगिज नहीं वर्ना। मैं उधर दरअसल कुछ भी मैं कितनी भी कोशिश क्यों मैं नहीं। दरअसल कुछ भी नहीं। मैं न जाने क्या शायद कुछ भी नहीं वैसे नहीं मैं…

हम कहाँ हैं, वह पूछता है। हम कौन ? तुम और मैं। तुम कौन ? तुम कौन ? मैं ? तुम ? हाँ मैं ? मैं। हाँ तुम। मैं नहीं जानता। मैं भी नहीं जानता। क्या नहीं जानते ? जो तुम नहीं जानते। मैं न जाने क्या नहीं जानता। हम न जाने क्या नहीं जानते। हम न जाने कहाँ हैं ? मैं पहले वहाँ था, अब यहाँ हूँ ? बता सकते हो क्यों थे और क्यों हो ? यानी वहाँ क्यों था और क्यों हूँ ? नहीं बता सकता। और तुम ? नहीं बता सकता। तो बस ठीक है। अब किधर जाओगे ? कहीं भी नहीं। और तुम ? कहीं भी नहीं। तो बस ठीक है। हम कहाँ हैं, वह फिर पूछता है। पूछता रहे। मैं खामोश रहूँगा।

एक हद से गुजर जाने पर उम्र का हिसाब बेमानी हो जाता है। एक उम्र से गुजर जाने पर हद का हिसाब बेमानी हो जाता है। एक हद, या उम्र, से गुजर जाने पर सभी कुछ बेमानी हो जाता है। एक उम्र, या हद, से गुजर जाने की

कैफियत को शब्दों में नहीं समेटा जा सकता। उम्र की हद होती है। हद की उम्र नहीं होती। एक हद से गुजर जाने की दहशत का सामना हम नहीं कर पाते। एक हद से गुजर जाने पर हम पागल हो जाते हैं। या मर जाते हैं। हद से उधर शून्य है। शून्य की कोई हद नहीं। एक हद से गुजर जाने पर जिन्दगी बेमानी हो जाती है। एक हद से गुजर जाने पर सभी कुछ बेमानी हो जाता है। एक हद से गुजर जाने पर वहाँ और यहाँ का फर्क बेमानी हो जाता है। एक हद से गुजर जाने पर सभी फर्क बेमानी हो जाते हैं। एक हद से गुजर जाने पर हम आजाद हो जाते हैं। आजादी की कोई हद नहीं होती। इसीलिए हम आजादी से डरते हैं। एक हद से गुजर जाने पर हम खामोश हो जाते हैं। एक हद से गुजर जाने पर हम बेहोश हो जाते हैं। हद से इधर की बेहोशी का इलाज है। एक हद से गुजर जाने पर हम ला-इलाज हो जाते हैं।

रात है। सन्नाटा है। और मैं हूँ।

# तीन भूत और

## एक

दोपहर का संगीन सन्नाटा है अपाहज हवा है सुर्ख और सफेद धूप है

मैं एक मुर्दा गली के मोड़ पर सोये पड़े एक बंद मकान के बरामदे-से में बैठा अपने घर में हुए किसी बदसूरत झगड़े से भाग रहा हूँ

मेरी आँखों से चिनगारियाँ छूट रही हैं गालों पर सूख चुके आँसुओं की लकीरें खिंची हुई हैं सीने में सिसकियों की सुलगन है

अगर मैं अपना घर छोड़ कहीं भाग जाऊँ चंबेली कई बार भाग चुकी है हर बार उसका चाकर उसे कहीं-न-कहीं से पकड़ वापस ले आता है अगर आज होती तो शायद अन्दर से उसकी कोई प्यारी आवाज आ रही होती

मैं चंबेली से चोरी-चोरी प्यार करता हूँ एक बार उसने मुझे चूमा था होंठों पर वह मुझसे बहुत बड़ी है अगर मैं बड़ा होता तो शायद वह एक बार मेरे साथ भी भाग चुकी होती

चंबेली हर बार किसी नये यार के साथ भागती है बदमाश है

एक बार मैंने उसे अलिफ नंगा देखा था वह जानती है आँख मिल जाने पर आँख मार देती है चंबेली बहुत बदमाश है

मुझे बदमाश औरतें पसन्द हैं इस बार वह नहीं लौटेगी अफवाह है कि इस बार उसने बनवारी से साफ-साफ

कह दिया था कि अगर उसने उसका पीछा किया तो वह उसे कत्ल करवा देगी

चंबेली बहुत बेरहम है बनवारी उसका चाकर है बाँवरा बनवारी

आज अगर होती तो शायद मुझे अन्दर बुला लेती मैं उसकी गोद में पड़ रहा होता काश कि चंबेली मेरी माँ होती हर रात उसके पेट पर सर रख कर सोता

मुझे अपनी माँ से नफरत है

मैं काँप जाता हूँ सामने के बदबूदार मैदान में एक गधा खड़ा अपने कान खड़खड़ा रहा है

सुबह शाम सब इस मैदान में पाखाना करते हैं गर्म बदबू और हुमस मैं मुँह कस लेता हूँ

ऊपर बहुत दूर आसमान की ऊँचाइयों में एक चील लहरा रही है

कुछ देर तक मैं उस चील की चीख का इन्तजार करता हूँ वह बहुत दूर उड़ रही है आँखें धुँधला जाती हैं

मुझसे कुछ दूर एक खारिशजदा कुत्ता अपनी खाल चबा रहा है पास अगर कोई पत्थर होता तो मैंने उसे मार भगाने की कोशिश की होती

चंबेली को भागे हुए न जाने कितने दिन हो चुके हैं

मुझे इस कुत्ते से नफरत है

एक बार मैंने चंबेली को अलिफ नंगा देखा था वह जानती है आज अगर होती तो शायद अन्दर बुला लेती वह बहुत बदमाश है

नाली पर मुजरा करती हुई भिड़ों की भिनभिनाहट से मेरी आँखें बोझल हुई जा रही हैं

मुझे इस गली से नफरत है चंबेली इस बार शायद न लौटे

उसका चाकर बनवारी उसी दिन से मकान बंद कर उसकी तलाश में निकल गया है वह पागल है अफवाह है कि चंबेली अक्सर उसे पीटा करती है

मैं अगर बड़ा होता तो शायद वह मेरे साथ भागने पर भी रजामंद हो जाती एक बार उसे मैंने अलिफ नंगा देखा था अगर अचानक मुँह मोड़कर उसने बिना झिझक बेशर्मी से मुस्कराना न शुरू कर दिया होता तो मैं चुपचाप उससे कुछ दूर खड़ा उसे देखता रहता वह तालाब पर नहा रही थी

उस दिन भी ऐसी ही तपिश थी निगाह मिलते ही मैं भाग उठा था

इस बार नहीं लौटेगी अफवाह है कि इस बार भागने से पहले ही उसने बनवारी से साफ-साफ कह दिया था कि अगर उसने उसका पीछा किया तो वह उसे कत्ल करवा देगी

अफवाह है कि बनवारी नामर्द है मैं 'नामर्द' का मतलब जानता हूँ

मेरे बड़े होने तक वह भी मेरी माँ की तरह बुढ़िया हो जायेगी

मैं उसे लाठी टेकते हुए देखता हूँ इसी बुढ़िया ने जवानी में अपने घर वाले को कत्ल करवा दिया था

एक बार मैंने इसे तालाब पर अलिफ नंगा देखा था एक बार इसने मुझे चूमा था होंठों पर

मैं बनवारी को कत्ल होते देखता हूँ चंबेली के हाथ में एक चमकता हुआ छुरा है

मैं काँप जाता हूँ

मुझे बुढ़ापे से डर लगता है ऊपर वही चील मँडरा रही है हवा में कोई हरकत नहीं

लगता है बाकी सब मर चुके हैं

अगर आज वह होती तो हुकुम देता अलिफ नंगी हो नाचो बीच गली में बाकी सब मर चुके हैं

मुझे अपने घर से नफरत है

मैं भी शायद बनवारी की तरह पागल हो रहा हूँ चंबेली अपने सब चाहने वालों को पागल बना डालती है कभी पिता ने एक कहानी सुनायी थी अब

उनके पास जाने से भी डरता हूँ उनकी सुनायी हुई कहानियाँ भूलती जा रही हैं
अगर मैं बड़ा
होता तो घर से भाग गया होता मुझे घर से नफरत है इस कस्बे से नफरत है
मैं काँप
उठता हूँ
सामने मैदान के दूसरे किनारे पर चंबेली चमक रही है
गर्दालूद धूप में एक रंगीन औरत
मेरी आँखें सिकुड़ जाती हैं आस-पास देखकर दुआ माँगता हूँ कि कोई और न आये
चंबेली मैदान पार कर रही है उसका चेहरा अभी पास नहीं आया दुलहिन-सी लदीफदी दिखाई देती है बदमाश चंबेली एक बार मैं इसे अलिफ नंगा देख चुका हूँ पीछे-पीछे बनवारी एक सन्दूक उठाये गधे-सा धीरे-धीरे आगे बढ़ रहा है
मैं खड़ा हो जाता हूँ मुझे
अपना कद बहुत छोटा महसूस होता है
उसने बनवारी को कत्ल नहीं करवाया आस-पास
कोई नहीं
बनवारी नामर्द है
अगली बार शायद वह मुझे भगा ले जाये
काश कि मैं कुछ और
बड़ा होता
अगर आज उसने आँख मारी तो मैं जवाब दूँगा
शायद फिर कभी नंगी दिखायी
दे जाये
मैं पाँव से नंगा हूँ
मेरे घुटनों पर मैल जमी हुई है मेरी नेकर से बू आ रही है मैं निढाल हो बैठ जाता हूँ।
वह मेरे पास खड़ी मुस्कुरा रही है एक बार मैंने इसे नंगा देखा था मैं काँप जाता हूँ
उसकी आँखों में शरारत है मैं सीधा उनमें देख रहा हूँ पूछना

चाहता हूँ कि वह वापस क्यों आयी बनवारी को कत्ल क्यों नहीं करवाया

काश कि

मेरी उम्र उसके बराबर होती

उसकी हँसी सुन मै चौंक जाता हूँ वह झुककर मुझे चूम लेती है उसकी खुशबू से मेरा गला भर आता है

यह अगर मेरी माँ होती तो मैं हर रात इसके साथ लिपटकर सोता

मुझे अपनी माँ से नफरत है

मैं डर जाता हूँ

बनवारी संदूक के बोझ से दबा हाँफ रहा है और ताला खोलने की कोशिश कर रहा है

चंबेली बहुत जालिम है

किसी दिन उससे पूछूँगा कि उसने उसे कत्ल क्यों नहीं करवाया इस बार फिर वापस लौट आयी वह यहाँ ठहरेगी नहीं

किवाड़ बन्द करने से पहले वह मुझे आँख मार देती है

मैं लरज जाता हूँ

ऊपर आसमान की ऊँची गहराइयों में वही चील लहरा रही है

और

आजकल जब किसी की बेवफाई का किस्सा सुन या बुन रहा होता हूँ या खुद किसी की बेवफाई का शिकार या कारण हो या होने की कल्पना कर रहा होता हूँ तो अपने बचपन की यादों के जंगल में से एक चीख सुनायी दे जाती है

## दो

उसका बाप बीच-बीच में लापता हो जाया करता था और उसकी माँ मुम्ताज शांति नम्बर दो के नाम से मशहूर थी

मुम्ताज शांति नम्बर एक किसी जमाने में उस इलाके की नामी कंजरी और मुश्तरका माशूका मानी जाती थी और उसके

बारे में कस्बे का हर बच्चा-बूढ़ा कहावतें और गीत और मजाक सुना सकता था

जब उसके बाप के गायब हो जाने की खबर लड़कों को पहुँचती तो वे बहुत बेरहमी से उसे सताना शुरू कर देते

केशव का बाप फिर भाग गया भैंचो बाप है या भूत

साले की माँ जब तक सलामत है इसे बापों की क्या कमी

हम सब इस हरामी के बाप हैं

काश कि हम भी बड़े होते

इसकी माँ छोटे-बड़े की तमीज नहीं करती

आजकल न जाने किस-किस से करवा रही होगी

मुम्ताज शांति नम्बर दो

जिन्दाबाद

मुम्ताज शांति नम्बर दो का मरियल मजनूँ

मुर्दाबाद

मैं उसकी माँ का मरियल मजनूँ कहलाता था

मैं अपने सब दोस्तों की माँओं पर मस्त रहता था

मुझे अपनी माँ से नफरत थी केशव की माँ जब कभी मुझे प्यार करती मेरा गला भर आता मुझे केशव से हमदर्दी थी मैं दूसरे लड़कों से मजाकों में शामिल नहीं होता था

उसके अजीब और उदास बाप के बारे में अक्सर सोचा करता था और कई बार केशव से पूछ चुका था कि उसका बाप बार-बार कहाँ गायब हो जाता है

केशव सवाल सुनते ही कानों तक लाल हो जाता

फिर एक दिन अपने आप उसने मुझे अपना हमराज बना लिया

पहले उसने मुझसे

कई कड़ी कसमें उठवायीं और फिर मुझे अपने साथ घर ले गया

उन दिनों उसका बाप

लापता था और उसे खूब तंग किया जा रहा था

उसके घर का दरवाजा अन्दर से बन्द

था लेकिन केशव को कुंडी खोलने का तरीका आता था

अन्दर ठण्डा अँधेरा था और

खामोशी थी

केशव बार-बार मुझे इशारों से खबरदार कर रहा था और एक कोठरी की तरफ खींच रहा था

कोठरी का दरवाजा बन्द था और उसमें से रोशनी की एक पीली फाँक बाहर गिर रही थी

दरवाजे के पास पहुँचकर केशव ने मेरा सर एक सूराख से सटा दिया

अन्दर उसका बाप एक ढीली चारपाई पर लेटा हुआ था

चारपाई के पास एक

स्टूल-से पर एक मैली लालटेन जल रही थी

केशव के बाप की आँखें खुली थीं और मुझे

महसूस हुआ था कि वह मर चुका है

फिर मुझे दूसरी कोठरी से केशव की माँ

की मीठी आवाज सुनायी दे गयी थी और केशव ने मुझे बाहर के दरवाजे की तरफ खींचना शुरू कर दिया था

उस रोज केशव ने यह राज तो बताया था कि उसका बाप जब गुम होता था तो उसी कोठरी में अपने आपको कुछ दिनों के लिए बन्द कर लिया करता था लेकिन उसने यह नहीं बताया था कि उसकी माँ के साथ दूसरी कोठरी में उस वक्त कौन था

और न ही उससे मैंने पूछा था

उस दिन से मेरा दिल उसकी माँ से उठ गया

और मैं अक्सर उस कोठरी में कैद उसके बाप और दूसरी कोठरी में मौज उड़ाती उसकी माँ के बारे में सोच-सोचकर सहम जाया करता था और मुझे केशव पर बहुत तरस आता था

और आजकल जब मैं खुद बीच-बीच में लापता हो अपने आपको इस एक कमरे में बंद कर लेता हूँ तो मुझे अपनी हरकत पर हँसी नहीं आती हालाँकि मैं बरसों से यहाँ बिल्कुल अकेला पड़ा हूँ और जब मैं गुम होता हूँ तो किसी को मेरी मौजूदगी का इल्म तक नहीं होता

## तीन

पिता रात को कभी-कभी घर की घिनावनी फिजा को बदलने के लिए एक कहानी सुनाया करते थे जिसमें एक पिता मरने से पहले अपने तमाम पुत्रों को अपने बिस्तर के इर्द-गिर्द बिठाकर बहुत धीमी आवाज में बहुत देर तक बहुत-सी छोटी-छोटी कहानियाँ सुना चुकने के बाद आराम से एक आखिरी साँस ले परलोक सिधार जाते और उनके पुत्र उनकी दी हुई आखिरी नसीहतों पर अमल करते-करते अपनी-अपनी जिन्दगी गुजार लेने के बाद मरने से पहले अपने-अपने पुत्रों को बिस्तर के इर्द-गिर्द बिठाकर बहुत धीमी आवाज में बहुत देर तक बहुत-सी छोटी-छोटी कहानियाँ सुना चुकने के बाद आराम से एक आखिरी साँस ले परलोक सिधार जाते और उनके पुत्र उनकी दी हुई नसीहतों पर अमल करते-करते अपनी-अपनी जिन्दगी गुजार लेने के बाद मरने से पहले अपने-अपने पुत्रों को अपने बिस्तर के इर्द-गिर्द··· और पिता की यह कहानी तब तक चलती रहती जब तक मुझे या उन्हें नींद न आ जाती।

और आजकल जब कभी पुरानी यादों के जंगल में भटक रहा होता हूँ तो कई बार अपने पिता की कहानी के पिता के पुत्रों के पुत्रों के पुत्रों··· के बारे में सोचते-सोचते सो जाता हूँ और देखता हूँ कि मैं मर रहा हूँ और मेरे बिस्तर के इर्द-गिर्द बैठे मेरे तमाम पुत्र इन्तजार कर रहे हैं कि मैं उन्हें अपने पिता की वही कहानी सुनाऊँ लेकिन बार-बार कोशिश करने के बावजूद मैं अपने मुँह से कोई आवाज नहीं निकाल पाता और अपने इर्द-गिर्द बैठे भूतों की दहशतजुदा खामोशी से मेरी नींद टूट जाती है।

# उस चीज की तलाश

यह बता देना शायद आवश्यक या आसान नहीं कि उन दोनों में से पहले किसने और कैसे उस चीज का अभाव महसूस किया और उसकी तलाश शुरू कर दी संभव है कि अभाव का एहसास और तलाश की शुरुआत एकदम एकतरफा कभी भी न रही हो लेकिन इसमें कोई शक नहीं कि तलाश के पहले दौर में वे एक दूसरे की नजर बचा कर अलग-अलग उस चीज के लिए बेचैन रहे जिससे यह अन्दाजा लगा लेना शायद गलत न हो कि शुरू के उस दौर में उन्हें उस चीज के गुम हो जाने का गम उतना ही था जितना उसे गुम कर डालने के लिए एक दूसरे द्वारा दोषी ठहराये जाने का भय वैसे अन्दाजे और इससे उलट भी लगाये जा सकते हैं मसलन यह कि उनमें से हर एक दूसरे पर साबित कर दिखाना चाहता था कि वह चीज गुम किसी भी गफलत से क्यों न हुई हो उसे फिर से खोज निकालने का जरूरी और मुश्किल काम उसी ने किया था या यह कि वे अपनी-अपनी तलाश को एक दूसरे से खुफिया इसलिए रख रहे थे ताकि मिल जाने पर चुपचाप उस चीज को दबा कर अपने पास रख सकें या उसकी अपनी जगह पर टिका दें बहरहाल तलाश का वह पहला दौर खुफिया तो था लेकिन खौफनाक नहीं था कि उन्हें यकीन था कि देर-सवेर वह चीज उन्हें मिल ही जायेगी सो जब उनमें से एक घर में न होता किसी काम या सोच में डूबा हुआ होता अपने कमरे में बन्द रो या सो रहा होता बीमार या बदहवास होता तो दूसरा दबे पाँव उस चीज को इधर-उधर टटोलता रहता लेकिन जाहिर है कि तलाश का यह तरीका अधूरा और अधैर्यजनक था कि आम तौर पर औरत किसी भी गुमशुदा चीज की तलाश में सारा घर उखाड़

मारती और उस वक्त तक चैन लेती न लेने देती जब तक वह चीज उसे मिल न जाती या उसके बदले में वैसी ही कोई नयी चीज और आदमी की आदत थी कि किसी भी चीज के गुम होते ही उसके होशोहवास भी साथ गुम हो जाते और वह उस वक्त तक सारा घर सर पर उठाये रहता जब तक खोयी हुई चीज बरामद न हो जाती या उसके मिलने की उम्मीद मर न जाती और अब वे दोनों अपनी-अपनी आदत के खिलाफ खामोशी से उस चीज को ढूँढ़ रहे थे उनकी छटपटाहट का अन्दाज लगाया जा सकता है लेकिन धीरे-धीरे उनकी आपसी

एहतियात कम होती गयी अब आदमी अगर बाहर होता तो औरत सारा सामान उलट-पुलट कर रख देती और कोशिश करती कि उसकी वापसी से पहले उसे फिर से सँवार दे औरत कहीं गयी होती तो आदमी मकान का कोना-कोना कुरेद मारता और कोशिश करने पर भी उसकी वापसी से पहले सामान को समेट न पाता और अब दोनों कोशिश करते कि दूसरा ज्यादा देर तक घर से बाहर रहे औरत आदमी को बाहर भेजने के बहाने तलाशती रहती आदमी औरत को कभी बीमार होने का बहाना बना उनमें से एक घर बैठ जाता तो दूसरा मन-ही-मन उस बहाने पर झुनझुनाता रहता कभी रात को उनमें से एक दूसरे को सोया समझ उठ कर अँधेरे में धीमे-धीमे उस चीज की तलाश करने लगता कोई आहट हो जाती तो प्यास या पेशाब का बहाना पेश कर देता अलग-अलग बिस्तर में पड़े वे रात भर करवटें बदलते रहते यानी अब दोनों को शक होने लगा था कि दूसरा भी उसी चीज को देख रहा है और इस शक से उनकी आपसी खामोशी और भी गहरी होती चली गयी अगर कोई उन्हें मिलने आ टपकता तो वे कोई बात न कर पाते उनमें से हर एक की कोशिश होती कि दूसरे को बैठक में बैठा छोड़ जल्दी से दूसरे कमरों की तलाशी ले आये और उनके दोस्त अब अक्सर उन्हें छेड़ते कहते तुम चुप-चुप क्यों रहने लगे हो खैरियत तो है खानाजंगी तो नहीं हो रही और वे इन मजाकों पर मुनासिब तरीके से मुसकरा भी न पाते और अब कभी-कभी एक-दूसरे की उलट-पुलट की हुई चीजों को लेकर उनमें तकरार हो जाती उनका आपसी शक आँखों तक उमड़ आता और अब आल्मारियों और दरवाजों के पाट चौपट

खुले रहने लगे सूटकेस इधर-उधर बिखरे रहते बिस्तर बैठक और कुर्सियाँ उखड़ी हुई रहतीं किताबें उलटी-सीधी लेटी रहतीं कोटों की जीभें बाहर निकली रहतीं दराजों के जबड़े खुले रहते कालीनों में त्यूरियाँ पड़ी रहतीं कपड़े पाँवों से उलझते रहते जूते एक दूसरे पर सवार रहते बरतन ठोकरें खाते रहते महसूस होता घर में से अभी-अभी कोई चोर या तूफान होकर गुजरा हो लेकिन अब वे न शिकायत करते न एक दूसरे के शक की परवाह अब दोनों एक दूसरे को अकेले होने के अवसर जुटाते अक्सर होता यह कि आदमी एक कमरे की छानबीन कर रहा होता औरत दूसरे कमरे की और एक दिन आदमी ने औरत को या शायद औरत ने आदमी को—सुविधा के लिए मान लिया जाये कि औरत ने आदमी को—अँधेरी सीढ़ियों में सिकुड़े हुए किसी चीज की ओर एक टक देखते हुए देख लिया कुछ क्षण वह खामोश खड़ी रही और जब वह झुक कर उस चीज को उठा ही रहा था तो वह धीमे-से बोली मिल गयी क्या और आदमी चौंक कर सीधा हो गया लेकिन उसकी एक मुट्ठी बंद देख औरत ने झपट कर उसे अपनी उत्सुक अँगुलियों से खोल दिया और आदमी की हिलती हुई हथेली पर मैली रस्सी का एक कसमसाता साँप देख दीवानावार हँस उठी और आदमी ने एड़ियाँ उठा कर उस रस्सी को इतने जोर से जमीन पर दे मारा जैसे कोई गन्दा गिलास तोड़ रहा हो औरत के होंठ उसके दाँतों पर सिमट आये और उनकी तलाश का नया दौर शुरू हो गया जिसमें घर होने पर वे मकान को आपस में बाँट लेते और खौलती हुई खामोशी में डूबे अपने-अपने हिस्से की तलाशी लेते रहते थक जाते तो रुक कर बैठ कर एक दूसरे की आँखों में झाँकते मानो वहाँ भी उसी चीज को ढूँढ़ रहे हों फिर उठकर एक दूसरे की गर्द झाड़ते और तलाश दोबारा शुरू हो जाती अँधेरा हो जाने पर सारी बत्तियाँ एक साथ जला दी जातीं बल्ब नंगे कर दिये जाते और घर रात भर आग-सा जगमगाता रहता और दिन-भर उनकी आँखों में अँगारे दमकते रहते उन्हें महसूस होता जैसे एक मुद्दत से वे किसी वीराने में भटक रहे हों अब कभी तो वे सारे सामान को सँवार कर करीने से टिका देते और उघड़ी हुई आँखों से खाली कोनों को झाँकते और कभी सब कुछ समेट कर एक जगह ढेर लगा देते और फिर उस ढेर को उधेड़ना शुरू कर देते कभी उन्हें

विश्वास हो जाता कि अब वह चीज उन्हें मिलेगी नहीं और तब उनकी आँखें खुली कब्रों-सी दिखायी देने लगतीं लेकिन वह इस विश्वास को ज्यादा देर जिन्दा न रहने देते सोचते मिलेगी कैसे नहीं अगर थी तो यहीं कहीं होगी और उनकी आँखें फिर बेताब हो उठतीं और अब अक्सर उनके यहाँ कोई आता न वे किसी के यहाँ जाते लेकिन अगर कहीं जाना जरूरी हो जाता तो उनमें से एक कोई बहाना बना कर पीछे रह जाता और दूसरा उसी बहाने के सहारे जल्दी वापस लौट आता और उनमें से जो जितनी देर घर से बाहर होता गुम-सुम-सा रहता और अचानक सब के सामने अपनी जेबों या बटुए की तलाशी लेने लगता या खड़ा होकर अपने कपड़े झाड़ने लगता दूसरे हैरान होते और इस तरह आहिस्ता-आहिस्ता बात फैलने लगी कि उन दोनों को किसी लाइलाज वहम ने दबोच लिया है और अब वे अक्सर अपने-अपने काम से गैरहाजिर रहने लगे और जब जाते भी तो खोये-खोये से उसी चीज के बारे में सोचते रहते और काम यूँ ही पड़ा रहता किसी से कोई बात करते न आँख मिलाते और अब दूसरे भी उन्हें दूर से ही देख कर इधर-उधर हो जाते और दूसरों के दरमियान होने पर भी वे अकेले और अपने-आप में लिपटे से रहने लगे हत्ताकि एक दिन उन्हें नौकरी से भी एक साथ जवाब मिल गया और उनका सारा समयं उसी चीज की तलाश में सर्फ होने लगा अभी तक उनकी तलाश मकान तक ही सीमित रही थी अब अक्सर उनमें से एक मकान के भीतर भटक रहा होता तो दूसरा बाहर लॉन को लताड़ रहा होता हमसाये हैरान होते लेकिन कोई आगे बढ़ कर पूछने की हिम्मत न करता अब आदमी की दाढ़ी बढ़ी रहती और औरत के बाल बिखरे रहते दोनों के चेहरों पर हवाइयाँ उड़ती रहतीं और उनकी आँखे हमेशा नीचे को झुकी रहतीं कपड़े मुचड़े रहते और पीठें करीब-करीब कुबड़ी और फिर कभी-कभी वे मकान से दूर उन रास्तों और गलियों में रेंगते हुए नजर आने लगे जहाँ पहले वे सैर पर या किसी काम से जाया करते थे कि अब उन्हें शक हो चला था कि जरूरी नहीं कि वह चीज घर में या मकान के आसपास ही गुम हुई हो और अब आवारा बच्चों की टोलियाँ उनका पीछा करने लगीं क्योंकि अफवाह फैल चुकी थी कि वे दोनों बिलकुल बावले हो गये हैं और उनकी तलाश का आखिरी दौर तब शुरू हुआ

जब एक रोज आदमी ने औरत से शायद औरत ने आदमी से—सुविधा के लिए मान लिया जाये कि औरत ने आदमी से—कहा कि जरूरी नहीं वह चीज गुम ही हुई हो चोरी भी तो हो सकती है और उस दिन से इधर-उधर देखने के अलावा वे अक्सर अपने पुराने दोस्तों वाकिफों रिश्तेदारों सहयोगियों के घरों में चोरी छिपे घुसने की कोशिश में रहते हैं कई बार पकड़े जा चुके हैं कई बार पिट भी चुके हैं लेकिन वे बाज नहीं आते और जब उनसे पूछा जाता है कि वे क्या ढूँढ़ रहे हैं तो वे कुछ बता नहीं पाते कि अब हालत यह हो गयी है कि उन्हें उस चीज का नाम तक याद नहीं और जब वे उसे बयान करने की कोशिश करते हैं तो उनके मुँह से सिवाय कुछ मोहमल आवाजों के कुछ नहीं निकलता जिससे शायद यही अन्दाजा लगाया जायेगा कि वह चीज शायद कभी उनके पास थी ही नहीं लेकिन उनकी तलाश जारी है हालाँकि अब कोशिश यह की जा रही है कि किसी रोज उन्हें पकड़ कर किसी पागलखाने में डाल आया जाये देखिये क्या होता है ···

# रात की सैर

हमारे बच्चे बड़े हो चुके हैं और हम बूढ़े और भूतैले। वे इस घर से उड़कर अपने-अपने घोंसलों में जा बसे हैं, हम अन्त से पहले शायद ही इस घर को छोड़कर कहीं और जा सकें। उनके उड़ जाने के बाद भी कुछ बरस हमने उन्हीं के बहाने बिता दिये। कभी उनकी बातें होतीं, कभी उनकी शिकायतें। कभी उनके आने का इन्तजार रहता, कभी उनके जाने का रंज। कभी उनके सामने हमारे आपसी मतभेद फिर बिफर उठते, कभी उनकी गैरहाजिरी में उस बिफराव पर हमें शर्म महसूस होती। उन दिनों जब कभी नजर भरकर बीवी को देख लेता तो महसूस होता जैसे अपनी जरी-डरी-सी सूरत भी साथ ही देख ली हो। जब कभी किसी बच्चे की आँखों में दया और दहशत की मिली-जुली झलक दिखाई दे जाती तो मुझे अपने मृत माता-पिता याद आ जाते—भूतैले और बूढ़े। मैं सोचना शुरू कर देता कि किसी रोज उन दोनों ने भी पहली बार यह पहचाना होगा कि उनके बच्चे बड़े हो चुके हैं और वे खुद बूढ़े और भूतैले। कभी-कभी उन्हें भी मेरी और मेरे भाई की आँखों में दया और दहशत की मिली-जुली झलक दिखायी दे जाती होगी और अपने मृत माता-पिता याद आ जाते होंगे। किसी रोज हमारे बच्चे भी सोचेंगे कि उनके बच्चे बड़े हो रहे हैं और वे खुद बूढ़े और भूतैले। और फिर जब कभी उन्हें अपने बच्चों की आँखों में दया और दहशत की मिली-जुली झलक दिखायी दे जाएगी तो वे अनायास हमें याद करना शुरू कर देंगे।

उस दौर में कभी-कभी ख्वाहिश होती थी कि बच्चों को पास बैठाकर—उसी तरह, जैसे लोक-कथाओं के बूढ़े पिता अपने पुत्रों को अपने बिस्तरेमर्ग के इर्द-गिर्द इकट्‌ठा कर लिया करते हैं—उन्हें कुछ ऐसा कह जाऊँ कि उनका

बुढ़ापा इतना भूतैला न हो जितना हमारा। लेकिन डर लगा रहता था कि बच्चे बेसब्र हो जायेंगे और आखिर तक मेरी बात नहीं सुनेंगे ; कि मैं आखिर तक अपनी बात कह ही नहीं पाऊँगा ; कि बीच में ही मेरे मन में बीसियों शक उठ खड़े होंगे, जिन्हें दबाने या दूर करने की कोशिश में मेरी बात बेअसर और बेईमान हो जायेगी। फिर ख्याल आता है कि अपनी उम्र के आखिरी और खौफनाक दौर में मेरे पिता के मन में भी शायद यही ख्वाहिश उठी हो, और इसी किस्म के किसी डर ने उन्हें डरा दिया हो। फिर ख्याल आता कि अगर किसी रोज अपने इस डर को मारकर अपने बच्चों के पास बैठा, उन्हें सब कुछ सुनाने-समझाने में सफल हो गया तो उनकी आँखों में से उमड़ती हुई दया और दहशत को बरदाश्त करना मेरे लिए नामुमकिन हो जायेगा, और वे खुद मेरा खौफ देखकर वक्त से पहले ही बूढ़े और भूतैले हो जाएँगे।

वह दौर हम दोनों के लिए बहुत दुश्वार था, लेकिन जैसे-तैसे गुजर ही गया, और हम अभी तक यहीं हैं। इसीलिए सोचता हूँ कि जिस दुश्वार दौर में से हम दोनों अब गुजर रहे हैं, वह भी जैसे-तैसे गुजर ही जायेगा, और मैं इसी तरह यहीं बैठा खैर मना रहा होऊँगा कि हम अभी तक यहीं हैं। इस सोच और अपनी सख्तजानी से सांत्वना बटोरता रहता हूँ, लेकिन किसी-किसी रूखे लम्हे में बेइख्तियार बिलबिला उठता हूँ कि इस होने से तो न होना कहीं बेहतर होता ! अब इन बिलबिलाहटों में भी ज्यादा जहर बाकी नहीं रहा, इसलिए बिलबिलाने की ख्वाहिश भी अक्सर पैदा होते ही मर जाती है—दूसरी बेशुमार ख्वाहिशों की तरह। इसीलिए शायद अब मुझे अपने-आपसे धीमी-धीमी लेकिन भयानक बू हर वक्त आती रहती है। बीवी का मुझे मालूम नहीं। वह अपने आलम में डूबी रहती है, मैं अपने में। अब हम इस मकान में यूँ रह रहे हैं जैसे दो बूढ़े भाई-बहन, या दोस्त, या भूत। कई-कई दिन एक-दूसरे से कुछ कहे या एक-दूसरे की तरफ आँख भर देखे बगैर गुजर जाते हैं। या कम-अज-कम कुछ रोज पहले तक यही हाल था। इधर एक नयी विपदा उठ खड़ी हुई है, जिसे बैठाने के लिए ही आज न जाने कितने सालों बाद मैं फिर अपने क्रन्दन-कक्ष में आ बैठा हूँ।

इस विपदा की जड़ भी मुझे उस बू में ही दिखायी देती है जिसने मेरा जीना आजकल अजीरन कर रखा है। मैं मानता हूँ कि हर बूढ़े और भूतैले इनसान को अपने आखिरी दौर में कमोबेश इसी किस्म की बू से बेहाल होना

पड़ता है। इस बू की आगाही की शिद्दत जरूर अलग-अलग होती होगी, और उस आगाही का असर भी। मुझ पर इस आगाही का असर यह हुआ था कि मेरी नींद एकदम उड़ गयी थी। नींद के बगैर रात पर काबू पाना नामुमकिन होता जा रहा था। कोई भी दवा-दारू कारगर नहीं हो रही थी। इसीलिए कई रातें मुतवातर तड़पकर काटने के बाद मैंने रात की सैर का सहारा लिया था। खयाल था कि कुछ घण्टों की गश्त के बाद जब जिस्म बिल्कुल निढाल हो जायेगा तो वापस बिस्तर पर जा गिरने के बाद अगर नींद नहीं तो उससे मिलती-जुलती कोई कैफियत मेरे जिस्म और चेतना को सँभाल लेगी, और रात का रेगिस्तान कट जायेगा।

लेकिन हुआ यह कि रात की सैर से मेरा जिस्म निढाल हो जाने के बजाय बहाल होना शुरू हो गया, मेरी चेतना चुप हो जाने के बजाय और चौकन्नी हो गयी, और मैं नींद का इन्तजार करने के बजाय उसकी जरूरत से आजाद हो गया। शुरू-शुरू में इन अजीब और अप्रत्याशित नतीजों पर मैं परेशान होता रहा। सोचता रहा कि मुझसे कोई मजाक हो रहा है ; कि मैं अपनी बीवी को और अपने-आप को कोई बड़ा धोखा दे रहा हूँ ; कि मैं अपने बुढ़ापे के खिलाफ कोई बेहूदा और खतरनाक लड़ाई लड़ रहा हूँ ; कि किसी रात इसी तरह अपने इस वीरान मकान में मँडराता-मँडराता मैं अचानक मर जाऊँगा। इस आखिरी खयाल से मुझे एक विकृत इत्मीनान मिलता, दूसरे सब अन्देशे दब जाते, और मैं ताजादम होकर फिर इधर-उधर टहलना शुरू कर देता, गोया मैले अँधेरे में डूबा हुआ यह मकान किसी खुले-खिले बाग से कम न हो

शुरू-शुरू में यह चिंता भी रही थी कि अगर किसी रात किसी आवाज या हरकत से बीवी की नींद टूट गयी तो उसे क्या बताऊँगा कि कहाँ जा रहा हूँ, या कहाँ से लौट रहा हूँ। इसीलिए कुछ कमोबेश माकूल बहाने हर वक्त मन में मौजूद रहते थे। बिस्तर छोड़ने से पहले अपने-आपको आश्वस्त कर लेता था कि बीवी गहरी नींद में है। करवटें बदलता था, कई बार बेमतलब कराहता था, कभी उसका नाम ले-लेकर उसे पुकारता था, कभी किन्हीं दूसरी कमोबेश काल्पनिक औरतों के नाम ले-लेकर उन्हें। और जब यह यकीन पुख्ता हो जाता था कि उसकी नींद किसी भी चरमराहट या चोट से नहीं टूटेगी तो उठकर अपनी सैर को निकल जाता था।

कोई चाहे तो चिल्ला सकता है—अपने इस मैले महदूद मकान की पैमाइश को तुम सैर कहते हो ! अगर मैं उस सैर की कैफियत किसी तरह कागज पर उतार सकूँ तो यकीनन वह चिल्लाने वाला चुप हो जाएगा, लेकिन मुझे यकीन है कि मैं उस कैफियत को किसी भी तरह कागज पर उतार नहीं पाऊँगा। कोशिश करता हूँ तो वह कैफियत किसी ख्वाब की तरह इधर-उधर उड़ने लगती है। मैं उसे कुछ कटे-फटे शब्द ही दे सकता हूँ।

शुरू की कुछ रातों के बाद बिस्तर छोड़ते ही मुझे महसूस होने लगा था कि मैं अपने मकान में नहीं, कि मैं किसी भी मकान में नहीं ; कि मैं कहीं भी नहीं ; कि मैं जिस आलम में हूँ वह कौनोमकान से परे है। सैर के उस दूसरे दौर में, अपने इर्द-गिर्द ऐसी रोशनी खिली-फैली नजर आती थी जिसके लिए मेरे पास मुनासिब शब्द और तश्बीहें नहीं। दीवारें और दरवाजे नजर से ओझल हो जाते थे ; सारा सामान और सारे अरमान गायब हो जाते थे ; न कोई आवाज सुनाई देती थी, न कोई काया नजर आती थी ; अपना जिस्म भी हवा हो जाता था ; किसी भी खयाल या खतरे या याद या उम्मीद की खाक कहीं भी उड़ती नजर नहीं आती थी।

कोई चाहे तो चिल्ला सकता है—यह क्यों नहीं बताते कि क्या नजर आता था ? उस दौर में सैर के दौरान मुझे सिर्फ रोशनी नजर आती थी जिसका बयान अब मैं नामुमकिन पा रहा हूँ। और उस दौर के बाद मुझे जो कुछ नजर आता रहा उसके लिए मेरे पास सिर्फ तीन नाकिस शब्द हैं—कुछ भी नहीं ! इन घिसे-पिटे शब्दों से मेरे अपने शक शांत नहीं हो रहे, किसी दूसरे के क्या होंगे।

वैसे जब तक मेरी सैर जारी रही, उसकी तस्वीर उतारने या ताबीर बताने का सवाल नहीं उठा। शुरू की कुछ रातों के बाद की रातों के बारे में मुझे यह भी याद नहीं कि वे खत्म कब होती थीं और मैं वापस अपने बिस्तर पर कब और कैसे पहुँचता था। न ही अब मुझे यह मालूम है कि मेरी सैर कितनी रातों तक चली। अगर बीवी ने उस रोज अचानक सारा तिलिस्म ही न तोड़ दिया होता तो शायद मेरी हर रात अभी तक उसी आलम में गुजर रही होती, जिसे मैं अब न बयान कर पा रहा हूँ न भूल !

बात का आगाज बीवी ने इस बेजान-से जुमले से किया था—आजकल तुम्हें नींद नही आती ?

मैनें अपनी सकपकाहट को समेटकर जवाब दिया—नहीं !

कुछ लम्बे और जानलेवा लम्हों के बाद उसने पूछा—रात-भर गायब कहाँ रहते हो ?

मैंने अपनी हैरानी और हड़बड़ाहट को दबाते हुए जवाब दिया—गायब कहीं नहीं रहता, बस यूँ ही मकान में ही इधर-उधर भटकता रहता हूँ, ताकि मेरी करवटों से तुम्हारी नींद न खराब हो।

मेरा ख्याल था कि बात वहीं खत्म हो जाएगी। इस उम्र और इन्तहा का एक असर यह हुआ है कि अब हम न सिर्फ किसी बात को बिगड़ने नहीं देते, बल्कि हर बात को बीच में ही छोड़कर अपनी-अपनी खामोशी में जा छिपते हैं।

मगर कुछ और लम्बे और जानलेवा लम्हों के बाद उसने जो बताया, उसका सारांश यह है—तुम शायद नहीं जानते कि जब तुम रात को इधर-उधर भटक रहे होते हो तो तुम्हारी उम्र और सूरत का एक मर्द तुम्हारे बिस्तर में बिछा रहता है। पहली बार जब मैंने तुम्हें बिस्तर छोड़ते देखा था चुप मारकर पड़ी रही थी। देखना चाहती थी कि तुम क्या करने जा रहे हो। उस रात तुम्हारे बिस्तर में बिछा हुआ वह मर्द तुम्हारे चले जाने के बाद ही नजर आया था। मैंने सोचा था कि शायद मुझे दुःस्वप्न दिखायी दे रहा हो। मैंने उठकर उस मर्द को झंझोड़ना शुरू कर दिया था। उसके चेहरे की भावशून्यता में कोई फर्क नहीं आया था, लेकिन उसका शरीर मुझे होशियार होता हुआ महसूस हुआ था। मैं सहमकर अपने बिस्तर पर आ पड़ी थी, जहाँ से वह मर्द अब मुझे किसी मुर्दे-सा दिखाई दे रहा था। उस रात तुम्हारी वापसी की प्रतीक्षा में मैं न जाने कब और क्यों सो गयी थी। तब से हर रात यही तमाशा हो रहा है—जब तुम बिस्तर छोड़ रहे होते हो तो मुझे साफ दिखाई देता है कि तुम अपनी ही उम्र और सूरत के उस मर्द के जिस्म से जुदा हो रहे हो ; तुम्हें आवाज देना चाहती हूँ लेकिन दे नहीं पाती ; तुमसे लिपटने की ख्वाहिश होती है, लेकिन हिल नहीं पाती ; बस तुम्हें और उसे एक-दूसरे से अलग होते हुए देखती रहती हूँ और सोचती रहती हूँ कि शायद कोई दुःस्वप्न दिखायी दे रहा है। कमरे से बाहर निकलने से पहले तुम एक निर्मम निगाह उस पर और मुझ पर डालते हो, जैसे कोई किसी को कहीं छोड़कर भाग रहा हो। जब यह सब हो रहा होता है तो कमरे में मद्धिम-सी रोशनी बिखरी रहती है, और तुम्हारे चले जाने के बाद वह रोशनी हर तरफ से हटकर उस मर्द के भावशून्य चेहरे पर सिमट जाती है।

कई बार उठकर उसे झंझोड़ चकी हूँ—उसका चेहरा भाव-शून्य बना रहता है, लेकिन उसका जिस्म जोश मारता हुआ महसूस होता है। और मैं सहमकर अपने बिस्तर में लौट आती हूँ, जहाँ से फिर वह मुझे किसी मुर्दे-सा दिखायी देने लगता है। मुझे महसूस होता रहता है कि तुम मुझे उस मर्द या मुर्दे के हवाले कर खुद किसी खुफिया और खतरनाक मुहिम पर निकल गये हो। हर रात इरादा बाँधती हूँ कि तुम्हारी वापसी तक एकटक उसकी तरफ देखती रहूँगी ताकि देख सकूँ कि तुम दोनों दोबारा एक कब और किस तरह होते हो, लेकिन हर रात, न जाने कब और क्यों, मुझे नींद आ जाती है। इतने दिनों से अकेली इस उलझन से निबट रही हूँ। देख रही हूँ कि तुम्हें शायद इसका आभास तक नहीं। और इधर एक नये अन्देशे ने मेरा खून चूसना शुरू कर दिया है। मुझे डर है कि किसी रात तुम मुझे उस मर्द या मुर्दे के पास छोड़कर खुद हमेशा के लिए कहीं और जा छिपोगे।

उसके इस सारे किस्से के जवाब में मैंने जो कहा वह इतना ऊलजलूल था कि वह बीच में ही उठकर अपने बिस्तर पर जा पड़ी थी।

जब से यह बात हुई है हम एकदम खामोश हो गये हैं। मेरी सैर खत्म हो गयी है। रात-भर बेचैन रहता हूँ कि सच्चाई क्या है ! वह रात-भर करवट तक नहीं बदलती, लेकिन मैं जानता हूँ कि वह सो बहुत कम पाती है। शायद वह भी सोचती रहती है कि सचाई क्या है !

कभी सोचता हूँ कि शायद उसने मेरी बेमतलब सैर को समाप्त करने के लिए ही सारी तरकीब तराशी हो। फिर इस सोच के पीछे छिपी अपनी कमीनगी पर शर्म आ जाती है, और मैं इसे झटक देता हूँ। कभी सोचता हूँ कि उसे समझाऊँगा कि हम दोनों कुछ रातों तक एक साझे दुःस्वप्न का ही शिकार रहे होंगे, कि मैं शायद ख्वाब में ही रात-भर मकान में भटकता रहता था, और वह शायद ख्वाब में ही मुझे बिस्तर छोड़ते भी देखती रही थी और बिस्तर में बिछा हुआ भी। यह बात खुद मुझे इतनी बेहूदा नजर आती है कि उसे तो यह कतई मंजूर नहीं होगी।

कभी सोचता हूँ कि उससे कहूँ कि वह भी रात-भर सैर किया करे, लेकिन मुझे मालूम है कि उसे बेमतलब अँधेरे में टहलने या टटोलने में कोई तुक नजर नहीं आएगी। अगर उससे उस रोशनी का जिक्र करूँगा या सैर की कैफियत बताने की कोशिश करूँगा तो उसे यकीन हो जाएगा कि मैं उसे छोड़कर

कहीं और जा छिपने पर तुला हुआ हूँ। वह यह तो शायद मान ले कि मैं बेमतलब अँधेरे में इस मकान के अन्दर ही इधर-उधर मँडराता रहता था, लेकिन यह कभी नहीं मानेगी कि मँडराते-मँडराते मैं काया और माया की बन्दिशों से बाहर निकल जाता था।

कभी सोचता हूँ कि उसकी परवाह किये बगैर अपनी सैर फिर शुरू कर दूँ, कि शायद सैर के दौरान ही किसी रात इलहाम हो जाए कि सचाई क्या है ! लेकिन इस उम्र में, इस इन्तहा पर, उससे ऐसी बेरुखी मुझसे होगी नहीं।

कभी सोचता हूँ कि उसे सलाह दूँ कि कुछ दिनों के लिए किसी बच्चे के पास चली जाए, लेकिन फिर यह सोचकर सहम जाता हूँ, कि अगर वह चली गयी तो मेरा क्या होगा !

सो पड़ा हूँ, चुप मारकर, इस उम्मीद पर कि यह समस्या किसी रात अपने आप दूर हो जाएगी, और हम दोनों फिर और सब कुछ भूलकर अन्त का इन्तजार शुरू कर देंगे। और शायद इस उम्मीद पर भी कि किसी रात हम दोनों एकसाथ उठकर इकट्ठे रात की सैर को निकल जाएँगे और हमारे बिस्तरों पर हमारी ही उम्र और सूरत के दो मुर्दे पड़े रह जाएँगे—एक-दूसरे से बेखबर और अलग।

# कबर बिज्जू

बादशाहों की इस बिगड़ी हुई सुन्दर आनन्दपुरी में भूख खूबसूरत खामोश बच्चों के भेस में आपके पीछे-पीछे चलती है। आप यहाँ के टूटे-फूटे महलों, भुरभुरी मस्जिदों, मैली महराबों, काले तालाबों और ठण्डे मकबरों पर अश-अश करते हैं, यहाँ की भूख इन बच्चों के भेस में आपके भरेपूरे शरीरों और शोर मचाते मोटे बच्चों पर। आपने देखा होगा कि इन बच्चों की आँखें उजली हैं, उनकी आभा ऊदी। भूख की आभा अक्सर ऊदी होती है , भूखों की आँखे अक्सर उजली। यहाँ की भूख एक भीनी आग है जिसमें जल-तप कर सारी अशुद्धियाँ साफ हो जाती हैं, सारे दोष सूख जाते हैं, और आँखों में एक अजीब-सा जलाल ठहर जाता है। यहाँ के भूखे बच्चों की आँखों का जलाल देखकर सैलानी अक्सर मुझ से ऊलजुलूल सवाल पूछने लगते हैं : ये बच्चे भील हैं या गौड़ ? कहीं इन सब की रगों में उन अय्याश बादशाहों का खून तो नहीं दौड़ रहा ? इनके पेट सचमुच अक्सर खाली रहते हैं ? इनकी आँखें तो कमाल की हैं लेकिन ये मुस्कराते क्यों नहीं ? इनकी आवाज भी क्या इतनी ही उजली है जितनी इनकी आँखें ? ये बोलते क्यों नहीं ?

आपने नोट किया होगा ये बच्चे बोलते कम हैं, भालते ज्यादा है। बोलने से भूख और भड़कती है, चुपचाप देखते रहने से पेट न सही आँखें तो भर ही जाती होंगी। सैलानी लोग यहाँ के लंगूरों से उतने ही खुश होते हैं जितने इन बच्चों से। लंगूरों को वे चने खिलाते हैं, बच्चों से उनके नाम पूछते हैं, कहते हैं स्कूल जाया करो, पूछते हैं हमारे साथ नीचे चलोगे ? इन बच्चों के नामों से सैलानियों को अक्सर निराशा होती है, खासतौर पर महिलाओं को जिन्हें इनके

मामूली मैले नामों में इनकी उजली आँखों का ऊदा जलाल नजर नहीं आता। इनकी आदतों से सैलानी अक्सर प्रभावित होते हैं, क्योंकि जैसाकि आपने भी देखा होगा ये बच्चे आपकी तरफ बिटर-बिटर देखते जरूर हैं, लेकिन हाथ नहीं फैलाते और न ही शहरी भूखे बच्चों की तरह आवाज और मुँह को बिगाड़ कर रिरियाते हैं। मैदानी भिखमंगों की तरह आपके पीछे भी नहीं पड़ जाते। जब आप लोग मजे ले लेकर केक-कचौरी खा रहे होते हैं तो इन्हें देखकर आपको यह महसूस नहीं होता कि आप इन्हें खा रहे हैं। आपके मुँह हिलते देख इनके मुँह जरूर हिलने लगते हैं लेकिन इनकी लारें नहीं टपकतीं। आपको खाते हड़पते देख इनकी आँखें अनायास ही झुक जाती हैं जैसे आपकी ओर से ये आपकी क्रूरता पर शर्म महसूस कर रहे हों। जब इनकी आँखें झुकी हुई होती हैं तो बुझते हुए दियों-सी नजर आती हैं। गौर से देखने पर आपको उनमें से धुआँ उठता हुआ नजर आ जाएगा—ऊदा, उजला धुआँ। इन बच्चों का शील सचमुच प्रशंसनीय है। शहरी और मैदानी भूखे बच्चे इनसे बहुत कुछ सीख सकते हैं। आप लोगों के पले-पुसे बच्चे भी।

मेरा  खयाल है कि ये बच्चे जानते हैं कि इनकी आभा और कोमलता का राज़ इनकी भूख और खामोशी में ही है, इसीलिए ये रिरियाते-चिल्लाते हैं न हाथ फैलाते हैं न ललचाई हुई हिर्सीली नज़रों से आपकी तरफ देखते हैं। मेरा खयाल है कि इन्हें यह खतरा भी लगातार लगा रहता है कि अगर इनकी भूख मिट गयी तो इनकी वह आभा नष्ट हो जाएगी, इनका वह जलाल जाता रहेगा, जिसकी बदौलत आप इनकी तरफ खिंचते हैं। मेरा खयाल है कि इनकी कोशिश रहती है कि भूले से भी ये कोई ऐसी हरकत न कर बैठें, कोई ऐसी आवाज़ न निकाल दें, जिसे देख या सुन कर आपके दिल पिघल जाएँ और आप इनकी भूख मिटाने की जिद्द करने लगें। मुझे विश्वास होता जा रहा है कि  ये बच्चे अपनी भूख से प्यार करने लगे हैं, कि इन्हें आपके हट्टे-कट्टे बच्चे अच्छे नहीं लगते, कि इन्हें भी यह भ्रम हो गया है कि भूख की आभा ऊदी होती है। आप खुद सोचिये कि अगर ये बच्चे आम भिखमंगों की तरह मिमियाते, खाली पेट की दुहाई देते, आपके बच्चों को दुआएँ देते, आपके कपड़ों को छू-छू कर अपने होंठों की ओर इशारे करते तो आप इन पर मोहित होते, इनकी

सौम्य सुस्ती की तारीफें करते ? आप सोचिये और मैं इन्हें समझाता हूँ कि कुछ देर के लिए ये अपनी बड़ी-बड़ी खाली आँखों से आपको निहारना बंद कर दें, क्योंकि मैं देख रहा हूँ कि आपके मन में यह शक उठना शुरू हो गया है कि ये बच्चे शायद इतने सीधे और मासूम नहीं जितने नज़र आते हैं, कि अगर ये सारा वक्त आपके साथ चिपके रहें तो आप इन्हीं के बारे में सोचते-सुनते रहेंगे और आनन्दपुरी के दूसरे दृश्य पूरी तरह नहीं देख सकेंगे। आप घबराएँ नहीं, एक इशारे की देर है, ये सब चुपचाप यहाँ से चले जाएँगे।

तो लीजिए वे गये और मैं उनके बारे में अब और खुलकर बोल सकता हूँ। मैं जानता हूँ कि आप इतना खर्च और झंझट उठाकर यहाँ का सौन्दर्य सोखने, यहाँ के खँडहरों पर मुगध होने और अपने देश के इतिहास पर गर्व करने आए हैं, यहाँ की दरिद्रता देखने नहीं। मैं जानता हूँ कि आप कहें न कहें इन भूखे आभावान बच्चों में आपकी दिलचस्पी दरअसल बाई-द-वे ही है। उसी तरह जैसे दफ्तर या बस की तरफ लपकते हुए या चाँद की तरफ हुमकते हुए किसी का ध्यान एक क्षण के लिए किसी पिल्ले या चिड़िया पर रुक जाए। या अपने बच्चे को चूमते-चाटते हुए कोई किसी मच्छर या मक्खी पर भी मुस्करा दे। या प्रार्थना-पूजा करते समय कोई किसी चूहिया या छिपकली में भी भगवान की लीला देख ले। मेरा मतलब है कि आप इतनी दूर नीचे से इतने ऊपर यहाँ इन कमबख्तों की ऊदी उजली आँखें देखने नहीं आए, अपनी आँखों को आराम देने आए हैं। और अपनी आत्माओं को शान्ति देने। और अपनी समस्याओं से राहत पाने। और लौट कर अपने दोस्तों को यह बताने कि आपने यहाँ क्या-क्या देखा, कितना खर्च किया, कितना एन्जॉए किया। शायद ही आपमें से कोई नीचे उतर कर इन बच्चों को याद करे, इनके बारे में कोई बात करे। हो सकता है कि इनकी आँखें कभी-कभी आपकी नींद नोचने की कोशिश करें लेकिन ऐसा शायद होगा नहीं। आप अपने-अपने शहर में भूख के नाना रूप हर रोज देखते ही होंगे। नीचे भी भूखे-नंगे बच्चों की कोई कमी नहीं, बल्कि उन से तो आपकी आँखें इतनी अभ्यस्त हो चुकी होंगी कि वे आपको दिखायी भी नहीं देते होंगे। भूख अपने देश में दुर्लभ नहीं। भूख से किसी को अब कोई भय या दुःख नहीं होता क्योंकि वह हमारे संस्कारों में रस-बस गयी है, उसे

भी हमने उसी तरह अपनी संस्कृति में समो लिया है जिस तरह सैंकड़ों दूसरी आक्रमणकारी कुरीतियों को। यह बात अलग है कि ऐतिहासिक और ऊँचे स्थलों की भूख में भी एक खास भव्यता होती है, एक खास शीतलता होती है, एक खास ओज होता है। खुली हवा और खिले बादलों और शानदार खँडहरों का कुछ असर तो आखिर यहाँ की भूख पर भी पड़ेगा ही। और साथ ही साथ आपकी खायी और अध्खायी चीज़ों का भी। वैसे भूख आखिर भूख है, बच्चे आखिर बच्चे। घबराइए नहीं, मैं भूख पर भाषण नहीं दूँगा, न ही भूखे बच्चों की बढ़ती हुई आबादी की रोकथाम के लिए कोई सुझाव। सच पूछिये तो मैं चाहता हूँ कि आबादी बढ़ती ही चले जाए। इनसानों की भी जानवरों की भी। कीड़े-मकौड़ों, मच्छरों और परिन्दों की भी। मेरा विश्वास है आबादी के दबाव से पैदावार खुद-ब-खुद बढ़ने लगेगी। यह दबाव धरती पर ही नहीं पड़ेगा, आकाश या अन्तरिक्ष में छिपे बैठे भगवान पर भी पड़ेगा, जिसके बारे में यह भ्रम इधर कुछ कमजोर पड़ गया है कि जिसे वह पैदा करता है उसका पेट भी जैसे-तैसे भर ही देता है।

आप खाना-चबाना जारी रखिए। मेरी किसी बात को सीरियस्ली मत लीजिए। मैं तो आपको एन्टरटेन करने के लिए ही हूँ, खुश्क जानकारी तो आपको कहीं और से भी मिल सकती है। सो मेरी बकवास को एक कान से सुनिए, दूसरे से निकाल दीजिए। अगर मैं हद से गुजरता दिखायी दूँ तो इशारा कर दीजिए, मैं मौन हो जाऊँगा। एक बात बताऊँ, मैं दिखायी बेशक बड़ा देता हूँ लेकिन हूँ दरअसल छोटा। आप लोगों की दया ने मेरा डीलडौल जरूर बढ़ा दिया है लेकिन मेरी उम्र ज्यादा नहीं। खैर, मेरी उम्र को गोली मारिए, आप तो इन खँडहरों की उम्र ही जानना चाहते होंगे ना ? वह भी बताता रहूँगा, बीच-बीच में, लेकिन पहले इन बच्चों को भुगता लूँ। जी नहीं, वे गायब नहीं हो गये, अगले पड़ाव में हमें फिर मिल जाएँगे। जब तक हम वहाँ पहुँचेंगे, वे सब भी कूदते-फुदकते वहाँ पहुँच ही जाएँगे। भूख के बावजूद वे कूदने-फुदकने से बाज नहीं आते। इसीलिए एक बार फिर कहना चाहता हूँ, बच्चे आखिर बच्चे हैं, भूखे हुए तो क्या। उसी तरह जैसे कुत्ते आखिर कुत्ते और कीड़े आखिर कीड़े।

आपने देखा होगा कि कुत्तों की भी यहाँ कोई कमी नहीं। और शायद यह भी कि उनकी आँखों में भी भूख की आभा है। लेकिन क्योंकि वे कुत्ते हैं, इसलिए मुझे तो उनकी आभा से भय ही महसूस होता है, आपका पता नहीं। आप से क्या छिपाना मैं तो इन कुत्तों को लेकर बहुत चिन्तित रहता हूँ, और कभी-कभी तो मेरी यह चिन्ता इतनी चंचल हो जाती है कि मेरी नींद में भी यही कुत्ते दौड़ते रहते हैं, कभी पागल भेड़ियों की तरह, कभी पालतू बच्चों की तरह। और फिर कभी-कभी दिन में भी मुझे ये कुत्ते भूखे भेड़ियों से नजर आने लगते हैं और ये बच्चे भूखे कुत्तों से। तब मैं आप लोगों को एन्टरटेन करने के काबिल नहीं रहता। अपनी कोठरी में पड़ा रहता हूँ और यह सोच-सोच कर सूखता-सहमता रहता हूँ कि अगर अचानक किसी रोज मेरे स्वप्न साकार हो गये तो क्या होगा। उन स्वप्नों में आप भी होते हैं, आपके बच्चे भी। नहीं, विस्तार में नहीं जाऊँगा। बस यह समझ लीजिए कि उन स्वप्नों में मेरे लिए कुत्तों और बच्चों में तमीज करना मुश्किल हो जाता है। आप लोगों के बच्चे तो वहाँ भी बच्चे ही नजर आते हैं लेकिन यहाँ के बच्चे यहाँ के कुत्तों से इस तरह घुलेमिले दिखायी देते हैं कि दहशत होती है। तब इन सबकी आँखें खूनी नजर आती हैं और खामोशी खौफनाक।

खैर छोड़िये ! मेरा तो दिमाग ही शायद बीच-बीच में खराब हो जाता है वर्ना मैं इस तरह के स्वप्न देखता न उनसे इतना परेशान होता। तो लीजिए मैं बात बदल देता हूँ। कुत्तों का जिक्र ही नहीं छेड़ना चाहिए था। हाँ, तो मैं यहाँ के बच्चों को समझाता रहता हूँ कि वे अपनी भूख पर काबू रखें, उसकी आभा को अपनी आँखों में बनाये रहें। मैं उन्हें कई बार बता चुका हूँ कि आप लोग ऊपर पहुँचते ही कितने उदार हो जाते हैं कि नीचे की भूख से आपको मितली आती है, ऊपर की भूख में आपको आभा मिलती है, कि नीचे की भूख आपको गन्दी मालूम पड़ती है, ऊपर की भूख निर्मल, कि वही लोग जो नीचे के भिखारी बच्चों को दुत्कारते हुए उनकी तरफ देखते तक नहीं, ऊपर के भूखे बच्चों को दुलारते हुए उनके नखशिख की तारीफ करने लगते हैं। इन बच्चों को मैं आप लोगों के बारे में और भी बहुत कुछ बताता रहता हूँ। मिसाल के तौर पर यह कि आप लोगों को भूख की समस्या बेशक नहीं, लेकिन और

समस्याओं की आपको कोई कमी नहीं, और उन्हीं के कारण आप लोगों के पेट अक्सर फूले हुए रहते हैं और मन अक्सर अशान्त। और यह भी कि बड़े हो जाने पर वे खुद-ब-खुद जान जाएँगे कि मन की शान्ति तन के सुख से कितनी ऊँची, कितनी महान है। और यह भी कि आप में से कितने ही दयावान ऐसे होंगे जो उनको अपने साथ नीचे ले जाने, और उनमें से कितने ही ऐसे भी जो उन्हें गोद ले लेने, की बात मन ही मन सोचते रहते हैं। अब आप ही से पूछूँ ? क्या आपमें से कुछ लोगों ने इन बच्चों में से एक को अपने साथ नीचे ले जाने की बात नहीं सोची ? एक अच्छे बच्चे को साथ ले जाने की बात ? ऐसा बच्चा जिसे कोई बीमारी न हो, कोई बुरी आदत न हो, जिसे नहला-धुला कर साफ सुथरा बनाया जा सके, खिला-पिलाकर मोटा किया जा सके ? जो नीचे जाकर आपके मुन्ने को खिलाए, आपके कुत्ते को घुमा लाए, घर में ऊपर के काम में आपकी मदद करे, और कुछ वक्त निकल आए तो आपसे क ख ग या ए बी सी भी पढ़ ले ? यह नेक खयाल यहाँ आ कर हर नार्मल मैदानी इनसान के मन में एक न एक बार जरूर उठता है। और फिर बैठ जाता है, क्योंकि सर्द और साफ दिमाग से सोचने पर उस नार्मल इनसान को खबर हो जाती है कि इन भोले बच्चों को उनकी कच्ची जड़ों से उखाड़ कर नीचे या कहीं भी ले जाना गलत और खतरनाक होगा, कि इन्हें इसी सुन्दर वातावरण में जीने-मरने देना चाहिए, कि इनकी भूख मिटाने के बहाने इनकी दूसरी सारी सम्भावनाओं को कुचल देना ठीक नहीं। खैर, कारण कुछ भी क्यों न हो, कोई इन्हें साथ नहीं ले जाता, कोई इन्हें गोद नहीं लेता। ये सब यहीं बड़े होंगे, यहीं बूढ़े हो जाएँगे, यहीं मर जाएँगे।

आपमें से कुछ सोच रहे होंगे कि मैं इन बच्चों का या इनके जनकों का एजेन्ट हूँ। आपका शक···बजा तो है, सही नहीं। बात यह है कि मैं भी यहीं का हूँ। कभी मैं भी इन बच्चों की तरह आप लोगों को उजली ऊदी आँखों से बिटर-बिटर देखा करता था और मेरे मुँह से कोई आवाज नहीं निकलती थी, कभी आप लोगों को अपने बच्चों के साथ खाते-खिलखिलाते देख मेरी अन्तड़ियाँ भी ऐंठ उठा करती थीं और मेरा जी चाहता था कि झपट कर आपके बच्चों को कचर-कचर चबाना शुरू कर दूँ। कभी मैं भी आपके जूठे

टुकड़ों से अपना पेट और आपकी झूठी तारीफों से अपना दिल भर लिया करता था। वह जमाना कितना अच्छा था। पेट भरने के सिवा मुझे कोई चिन्ता नहीं होती थी, आप लोगों को निहारते रहने के सिवा मुझे कोई चाव नहीं होता था। आपको भूखे तन-मन की मौजों का अनुभव नहीं, अन्दाजा भी शायद नहीं। आप कल्पना भी नहीं कर सकते कि भूखे पेट के भीतर क्या-क्या होता रहता है, कि भूख कैसे-कैसे भीने भयावह अरमानों को जन्म देती है। अब आप इन्हीं बच्चों को लीजिए। बड़ी-बड़ी उजली आँखों और महीन-मुलायम आवाजों के बावजूद ये बच्चे इतने बेचारे नहीं जितने दिखायी देते हैं। आप इनके भीतर झाँकें तो हैरानी से हकलाना शुरू कर दें। इनकी ऐंठी हुई अन्तड़ियाँ साँप बनकर आपको डस लेना चाहेंगी, इनका रहा-सहा खून जहर बनकर आपकी शक्कर या शराब में घुल जाना चाहेगा, इनके अरमान उछलकर आपकी आँखें नोच लेना चाहेंगे। जब मैं इनका-सा था तो एक बार एक मोटी महिला ने मेरे भीतर झाँकने की मूर्खता की थी। यह मत पूछिए कि उसकी क्या दुर्दशा हुई। अब भी उसकी बिलबिलाहट की याद पर हँसी आ जाती है—एक बेरहम और बेलिहाज हँसी। लेकिन यह मैं किधर बहक गया।

आप घबराएँ नहीं। मैं भूँकता तो हूँ, काटता नहीं। यहाँ के कुत्ते तो मुझसे भी बेहतर हैं, वे भूँकते हैं न काटते हैं। एक बात बताऊँ—अगर आप में से कोई साहिब टूरिस्ट विभाग से मेरी शिकायत करने की सोच रहे हों तो उन्हें मालूम होना चाहिए कि मेरी इन्हीं ऊटपटांग बातों के लिए मुझे भी यहाँ की दिलचस्पियों में शामिल कर लिया गया है। टूरिस्ट विभाग वाले मुझे पागल गाइड कहते हैं। पागल कुत्ता खतरनाक होता है, पागल इनसान अक्सर पहुँचा हुआ। मैं पहुँचा हुआ तो नहीं लेकिन खतरनाक भी नहीं। कुछ लोग तो यहाँ आते ही सिर्फ मुझे देखने-सुनने के लिए हैं। खैर, मैं अपने मुँह मियाँ मसखरा नहीं बनूँगा। अभी हमें बहुत से स्पॉट देखने हैं—हवा महल, जहाज महल, गूँज घर, जनाना हमाम, रूपमति का चौबारा, सत्तर सीढ़ियाँ, गर्म पानी, नीलकण्ठ। इन सब स्थलों पर आपको बच्चे दिखायी देंगे, कुछ पर बन्दर और लंगूर भी। कुछ लोगों का खयाल है कि वे बन्दर और लंगूर भी इन्हीं बच्चों के भाई या भूत हैं। मैं फिर गलत बात कह गया। वैसे भूत यहाँ बहुत हैं। बादशाहों के,

बेगमों के, उनके हिजड़ों के, उनके खादिमों और बान्दियों के। एक वहम के मुताबिक जो यहाँ मरता है भूत बन जाता है। अगर आपमें से किसी को भूत बनने की तमन्ना हो तो अपना अन्त यहाँ आकर कीजिए।

रंगरची जानकारी देने के फिराक में मैं फिर ऐसी बात कर गया जिसपर आपको व्यंग्य का गुमान हो सकता है। लेकिन मुझे यह ज्ञान हो चुका है कि व्यंग्य व्यर्थ है क्योंकि वह वस्तुस्थिति के अस्वीकार्य में से जन्मता है, और शान्ति, सम्पूर्ण स्वीकार्य से ही मिलती है। लेकिन क्या करूँ, बकते-बकते जब निर्बल हो जाता हूँ तो जुबान पर काबू रहता है न कल्पना पर। अपना बुरा-भला भी भूल जाता हूँ, आपका भी। सँभलने की कोशिश में और फिसलता चला जाता हूँ, यहाँ तक कि यह खौफनाक वहम मुझे पकड़ लेता है कि मैं इनसान नहीं, भूत हूँ, और मुझे अपने सारे पूर्वजन्म याद हैं, और यह भी कि उन सबमें मैं किसी न किसी जीव-जन्तु के रूप में भूखा रहा, अतृप्त रहा। तब मुझे अपने ऊपर इतनी दया आ जाती है कि मैं रोना शुरू कर देता हूँ, और आप लोगों पर इतना गुस्सा कि जी चाहता है कि आपके चिथड़े-चिथड़े कर दूँ। तब मेरी बिगड़ी हुई हालत देखकर श्रोतागण सोचने लगते हैं : इसे आखिर हो क्या गया। अभी तो ही-ही कर रहा था, अब हाय-हाय करने लगा। अभी तो इतनी नफीस और नोकदार गप्पें मार रहा था, अचानक इतना नंगा और निहत्था कैसे हो उठा !

तो प्यारे सैलानियो, इस वक्त भी मेरी हालत ठीक नहीं। इसलिए मैंने फैसला कर लिया है कि इस बकवास को इसके प्रभाव की परवाह किए बगैर जैसे-तैसे खत्म कर दूँ। अचानक मुझे यह इलहाम भी हो गया कि आपको भूख में दिलचस्पी है न भूख की आभा में, कि भूख की महिमा से आपको कोई मतलब नहीं, कि आपको सिर्फ मेरा पागलपन पसंद है। नहीं, शायद वह भी नहीं। जैसे साँप में सम्मोहन की शक्ति होती है उसी तरह पागलों में। लेकिन पागल जब पिघलना शुरू कर दे तो उसकी शक्ति कम होनी शुरू हो जाती है। मेरे साथ भी शायद यही हो रहा है। इसीलिए मैं अफरातफरी में ही कुछ आखिर बातें आगे-पीछे कहकर खामोश हो जाना चाहता हूँ। तो सुनिये।

पहले तो आप सबको सुझाव देना चाहता हूँ, खासतौर पर उनको जिनके

बच्चे चाँदी के चमचे मुँह में लिए इस संसार में पधारे। आप अपने लाडलों को कुछ दिन भूखा रखें, खाने का सामान उनके सामने तो रहे लेकिन उनकी पहुँच से परे हो, अपने सीने पर पत्थर रखकर आप उन्हें चूसने के लिए छोटे मुलायम पत्थरों के सिवा कुछ न दें, कुछ ही दिनों में आपके बच्चों की आँखें आभा उगलना शुरू कर देंगी, और उनके गालों की हड्डियों में एक जानलेवा बाँकपन आ जाएगा।

और अब आपके मन में सोये हुए एक सवाल को जगाकर उसका जवाब आपको सुनाना चाहता हूँ। हो सकता है कि मेरा वह जवाब भी आपको व्यंग्य के व्यर्थ गुलाबी रंग में डूबा हुआ नजर आए, स्वीकार्य के भगवे रंग में नहीं। लेकिन मैं अपने स्वभाव से मजबूर हूँ। आपके सवाल को अपने शब्द दूँ तो वह इस तरह सुनायी देगा : इन बच्चों के सौंदर्य और इनकी आँखों की ऊदी आभा का राज तो आपने बता दिया, यह भी तो बताइए कि अगर ये भीख-बख्शीश नहीं माँगते, चोरी-मजदूरी नहीं करते तो जिन्दा कैसे रहते हैं, अपने पेट कैसे भरते हैं ? इनके पेट भरते तो खैर क्या होंगे, वह तो एक मरा हुआ मुहावरा ही है, फिर भी···?

अब जवाब सुनिये। आप लोग जब दिन की सैरबाजी के बाद खा-पी कर अपने-अपने बिस्तरों पर जा पड़ते हैं तो आनन्दपुरी के बेशुमार कुत्ते और बेशर्म बच्चे अँधेरे की तरह इधर-उधर फैल जाते हैं। फिर थोड़ी ही देर में सारे कचरे का सफाया हो जाता है। कोई छिलका, छिछड़ा, दाना, टुकड़ा, डिब्बा, बोतल, कागज, पत्तल इनकी जुबान की चाट से बच नहीं पाता। अगर कुछ न मिले तो ये आपका मलमूत सूँघकर ही अपनी भूख बुझा लेते हैं। हर रात का यह दृश्य देखने लायक होता है। अँधेरा इधर-उधर छलाँगें मारता हुआ महसूस होता है। महसूस होता है जैसे वह उजाले का खून पी जाने की कोशिश में हो। इन कुत्तों और बच्चों को किसी ने सिखाया पढ़ाया नहीं कि ये दिन में दुम हिला-हिलाकर या हाथ फैला-फैला कर आपको तंग न करें वर्ना शहर बदनाम हो जाएगा और आप लोग यहाँ आना बन्द कर देंगे। यह सबक इन्हें अपने आप ही आ गया है। इस शहर की सफाई का सेहरा भी इन्हीं के सर बाँधना होगा। आपने देखा होगा कि कहीं आपको गन्दगी का कोई धब्बा

या मक्खी का कोई बच्चा तक नजर नहीं आया, सिवाय उस गन्दगी के जो आपने फैलाई। यहाँ के कुत्तों और बच्चों की आजकल यह शिकायत रहने लगी है कि आप लोग अब उतनी गन्दगी नहीं फैलाते जितनी पहले फैलाया करते थे। मैं इन्हें समझाता रहता हूँ : कमबख्तो दुनिया बदल गयी है, सैलानियों की आदतें बदल गयी हैं, लेकिन तुम्हारे जायके नहीं बदले। मेरी बात इनकी समझ में नहीं आती। खैर, अब मैं आखिरी दमों पर हूँ। मेरा जी चाह रहा है कि एक बार आपकी तरफ थूक कर अपनी तकरीर यहीं खत्म कर दूँ, लेकिन ऐसा करने की हिम्मत मुझमें नहीं। पागल तो हूँ लेकिन इतना नहीं कि आप पर प्रभाव डालने के लिए अपनी रोजी और जान को खतरे में डाल दूँ।

आपने इतने ध्यान और धैर्य से मेरी बात सुनी और आप बौखलाए तक नहीं। इसलिए धन्यवाद या इनाम के तौर पर अब मैं आपको एक खास बात बताना चाहता हूँ। भेद की बात। ऐसी जो मैं सबको नहीं बताता। मुझे यकीन है कि उसे सुनकर आपको हैरानी तो होगी लेकिन और कोई फर्क या असर आपकी जिन्दगी में नहीं पड़ेगा। वह बात यूँ है : यहाँ यह वहम आम है कि जब यहाँ का कोई बच्चा या कुत्ता भूख से मर जाता है तो फौरन कब्रबिज्जू की जून में चला जाता है। और फिर वह यहाँ इस शहर में नहीं रहता, नीचे उन मैदानी कस्बों और शहरों में चला जाता, जहाँ आप लोग रहते हैं। तो वहाँ अगर कहीं आपको कोई कब्रबिज्जू नजर आ जाए तो समझ लीजिए कि वह पिछले जन्म में यहीं का कोई बच्चा या कुत्ता था और अब कब्रबिज्जू के भेस में आपकी मौत का इन्तजार कर रहा है। उस कब्रबिज्जू से सावधान रहिये, क्योंकि यह भी संभव है कि वह आपकी मौत का इन्तजार करने के बजाय उसका माध्यम बन जाए।

# आवाज चोर

जब मैं फाटक खोल रहा था तो वह बाहर खड़ा मेरे मकान की तरफ देख रहा था। मैंने ध्यान नहीं दिया। एक उम्र तक कुछ आदमी दूसरों की पत्नियों को बुरी आँख से देखते हैं, उसके बाद दूसरों के मकानों को। मैंने सोचा, वह भी वैसे ही आदमियों में से होगा, या फिर किसी का इंतजार कर रहा होगा, या यूँ ही चलते-चलते दम लेने के लिए खड़ा हो गया होगा, और मन जलाने के लिए मेरे मकान को देख रहा होगा। एक उम्र तक कुछ आदमी दूसरों की पत्नियों को देखकर जलते हैं, उसके बाद दूसरों के मकानों को। मेरे साथ मेरा कुत्ता न होता तो मैं उस आदमी को वहीं छोड़कर अपनी सैर को निकल गया होता। अपने बँधे हुए रास्तों में से किसी एक पर। अपनी बँधी हुई चाल से। उससे कोई दुआ सलाम किए बगैर। उसकी सूरत को अपनी आँखों में उतारे बगैर, बड़े शहरों में रहने वाले लोग अजनबियों से आँख नहीं मिलाते, न ही उनके पास रुकते हैं, न ही उनकी मूक याचनाओं का कोई जवाब देते हैं, न ही उनसे पूछते हैं, यहाँ क्यों खड़े हो। बड़े शहरों मे रहने वाले लोग अजनबियों के पास से कतरा कर गुजर जाते हैं। मेरे साथ मेरा कुत्ता न होता तो मैंने भी यही किया होता। दरअसल उसे देखते ही मेरे रोंगटे खड़े हो गए थे। मेरे कुत्ते ने मेरा डर सूँघ लिया होगा। कायदे से उसे उस आदमी पर भौंकना चाहिए था, लेकिन कुत्ते अक्सर कायदों को तोड़ते रहते हैं। मेरा कुत्ता उसके पास यूँ खड़ा हो गया था जैसे मेरी तरफ से उसके सामने कोई सफाई पेश कर मुआफी माँग रहा हो। मेरा कुत्ता हर कुत्ते की तरह कभी-कभी कुछ ऐसी अजीब हरकतें करता रहता है जिन पर मुझे हर मालिक की तरह प्यार भी आता है, गुस्सा भी, लेकिन उसकी आज वाली जिद पर मुझे सिर्फ गुस्सा ही आया। मैंने उसे

एक हिंसक झटका दिया, अपने दाँत पीसे, मन ही मन उसका नाम एक खास सख्ती से लिया, और पाया कि उस पाजी पर इस सबका कोई असर नहीं हो रहा था। वह अपना लंबूतरा बूथा उस अजनबी की तरफ उठाए उसके इर्द-गिर्द की हवा को यूँ सूँघ रहा था जैसे उसमें लाखों-करोड़ो साल पुरानी कोई गंध उस तक पहुँच रही हो, जिसे पूरी तरह सूँघे-समझे बगैर वह एक कदम आगे नहीं बढ़ सकेगा। वह अजनबी भी अब उसकी आँखों में आँखें डाले यूँ झुका-सा खड़ा था जैसे उस पर और उसके जरिए मुझ पर कोई जादू-सा कर रहा हो। कुछ ही क्षण पहले उसे देखकर जिस बेनाम खटके से मेरे रौंगटे खड़े हो गए थे, वह अब कुछ घुल-सा गया था। मैंने उसकी नजर बचा कर उसे अपनी आँखों से बुहार लिया था। वह मेरी ही उम्र का एक बूढ़ा बेढब-सा आदमी था लेकिन उसकी दाढ़ी बढ़ी हुई थी, कपड़े मैले थे, चप्पलें ढीली और गंदी थीं, दाँत पीले थे, आँखें उजड़ी हुई थीं। मैंने अपने कुत्ते को फिर एक हिंसक झटका दिया तो वह अजनबी बोल उठा--'इतने जोर से नहीं, बाबा, बेचारे की गरदन टूट जाएगी।' मेरे रौंगटे खड़े हो गए, कुत्ते की जंजीर पर मेरी पकड़ ढीली हो गई और मेरे पोर-पोर से पसीना फूट पड़ा। उस अजनबी के मुँह से जो आवाज निकली थी,वह मेरी थी। यह डर मेरे जेहन में कौंध गया : कहीं इसने किसी जादू से मेरी आवाज तो नहीं चुरा ली। मेरे कुत्ते के मन में जरूर यह शक पहले से ही पैदा हो गया होगा। शायद वह उसमें मेरी आवाज को ही सूँघ रहा था। अब वह मुझे यूँ देख रहा था जैसे पूछ रहा हो, क्या मुआमला है ? मैंने उसे एक खुफिया-सा झटका दिया लेकिन वह हिला नहीं। मैं मुँह नहीं खोलना चाहता था। मुझे एक खतरा तो यही था कि मेरे मुँह से कोई आवाज नहीं निकलेगी और दूसरा यह कि मेरी आवाज सुनकर वह अजनबी मेरी तरह घबराएगा नहीं, बल्कि हँस देगा, और वह हँसी भी मेरी ही होगी। मैं इन दोनों खतरों से सूख ही रहा था कि वह आदमी बोल उठा, 'चलो, मैं भी आज तुम्हारे ही साथ सैर करूँगा।' अबकी बार भी वह आवाज मेरी थी।

मैं नहीं जानता कि मुझे क्या करना चाहिए था। मैं नहीं जानता कि कोई और मेरी जगह होता तो क्या करता। मैं चुपचाप उसके साथ हो लिया, मेरा कुत्ता खुशी-खुशी हम दोनों के साथ। उस आदमी को शायद मालूम था कि मैं आज अपने किस बँधे हुए रास्ते पर जाऊँगा। न होता तो भी कोई दिक्कत न होती क्योंकि मेरा कुत्ता मुझे घसीटता हुआ-सा हम दोनों के आगे-आगे चल

रहा था, किसी छोटे-से काले घोड़े की तरह। कुछ कदम आगे जाकर उस अजनबी ने जंजीर अपने हाथ में ले ली, कुछ इस तरह से जैसे मेरी बागडोर अपने हाथ में ले रहा हो। अब मेरे हाथ खाली थे और मेरा मन खौफ से भरा हुआ था। मेरा कुत्ता उसे यूँ घसीट रहा था जैसे उसी का हो और उसे मुझसे दूर कहीं ले जाना चाहता हो, किसी ऐसी जगह जहाँ वह उसके साथ पहले भी जा चुका हो। मैं उनके साथ तो था लेकिन हर क्षण उनसे पीछे छूटता जा रहा था। फिर यकायक मुझे महसूस होने लगा मानो मेरे पैरों तले की जमीन खिसक रही हो, या जैसे वे दोनों तो किसी अदृश्य दौड़ती गाड़ी पर सवार हों और मुझे किसी सूने प्लेटफार्म पर अकेला छोड़ गए हों। उस अजनबी के बाल हवा में उड़ रहे थे। पीछे से वह उन बालो के बावजूद मेरे जैसा ही लग रहा था। उसे तो नहीं, मै अपने कुत्ते को आवाज देना चाहता था : रुक जाओ ! लेकिन दो खतरे मुझे दाबे हुए थे। एक तो यही कि मेरे मुँह से कोई आवाज नहीं निकलेगी, दूसरा यह कि जो आवाज निकलेगी उसे सुनकर वह हँसना शुरू कर देगा और वह हँसी मेरी आवाज में ही होगी। मैं खामोश रहा और पीछे छूटता चला गया, वह अजनबी और मेरा कुत्ता मुझसे दूर होते चले गए। उनमें से किसी ने मुड़कर मेरी तरफ देखा तक नहीं। मुझे अपने कुत्ते की बेवफाई पर बहुत दुःख हुआ। दूर होते-होते जब वे गायब हो गए तो मैं अपने मकान की तरफ मुड़ गया--यह सोचते हुए कि गनीमत है, वह अजनबी मेरे कुत्ते को लेकर ही गायब हो गया, मेरी पत्नी या मेरे मकान को लेकर नहीं। अपनी आवाज की चोरी का खयाल उस समय मुझे नहीं आया।

● ● ●